Pascale Roze

Das Geräusch

Pascal Roze

Das Geräusch

Roman

Aus dem Französischen von
Irène Kuhn und Ralf Stamm

Kindler

Titel der Originalausgabe: Le Chasseur Zéro
Originalverlag: Éditions Albin Michel, Paris

Die Folie des Schutzumschlags sowie die Einschweißfolie sind PE-Folien und biologisch abbaubar.
Dieses Buch wurde auf chlor- und säurefreiem Papier gedruckt.

Umschlaggestaltung: Jorge Schmidt, München
Umschlagphoto: G + J Fotoservice/Photonica, Hamburg
Satz: Ventura Publisher im Verlag
Druck und Bindung: Clausen und Bosse, Leck
Printed in Germany
ISBN 3-463-40311-0

2 4 5 3 1

Für meine Tochter Axelle

Am frühen Morgen, noch vor Sonnenaufgang, macht sich der Jäger auf den Weg. Tiefschwarz gekleidet, die tödliche Ladung um den Bauch gegürtet, setzt er sich in Gang. Der Motor dröhnt in der Stille des Morgens. Der Propeller dreht sich. Ohne Licht rollt das Flugzeug über die Startbahn, wird schneller, reckt die Nase in die Luft, beginnt den Aufstieg. Mit gleichmäßiger Kraft erreicht es die vorgesehene Flughöhe, 5000 Meter. Jetzt ist es Tag. Vom Meer und vom Himmel, von allen vier Rändern des Horizonts aus ist der Jäger sichtbar.

Ich heiße Laura Carlson. Ich bin am 10. Januar

- -

1944 in New York geboren. Mein Vater ist am 7. April 1945 vor Okinawa gefallen.
Ich besitze nur zwei Photos von ihm. Auf dem einen steht er neben seiner Mannschaft an Bord der *Maryland* stramm. Sein Gesicht ist wie versteinert, undurchdringlich, steif vor Gehorsam, als wäre er schon unterwegs in den Tod. Auf dem anderen hält er im Central Park Maman zärtlich um die Taille. Die Sonne scheint, er lächelt. Auch Maman lächelt. Ich weiß nichts von Amerika. Als Maman nach Frankreich zurückkehrte, war ich noch keine zwei Jahre alt. Sie hat angeklopft an der Tür der großen Wohnung der Rue de la Bienfaisance*, der Wohnung ihrer Kindheit, der Wohnung, die sie hatte vergessen wollen. Die Eltern nahmen die verlorene Tochter wieder auf und mit ihr das unbe-

* Straße im 9. Arrondissement von Paris: »Straße der Wohltätigkeit«.

kannte Wesen, das ihnen zusätzlich aufgebürdet wurde. Vermutlich stellten sie ein paar Fragen. Meine Mutter verweigerte sich. Aus purem Hochmut, sagte Großmutter noch Jahre danach.

Meine Kindheit war düster. Die Wohnung war düster, meine Großeltern waren düster, und Maman vergrub sich in ein düsteres Schweigen. Anfangs versuchte sie zu arbeiten. Sie verdingte sich als Englischlehrerin an der Schule, die sie selbst besucht hatte: das war Großmutters Idee. Sie mühte sich ab, um gegen die Depression anzukämpfen. Sie hätte einen Arzt aufsuchen können. Doch auf diesen Gedanken kam niemand. Eines Tages fehlte ihr der Mut, den Unterricht vorzubereiten, den mitleidvollen Blicken der Kolleginnen standzuhalten. Großmutter hatte eine Aussprache mit der Direktorin. Die Last der Arbeit wurde Maman abgenommen. Von nun an verbrachte sie ihre öden Tage damit, Patiencen zu legen, den lieben langen Tag Patiencen. Meine Großeltern nahmen meine Erziehung in die Hand und kümmerten sich um ihre Tochter wie um ein geistig zurückgebliebenes Kind. Manchmal ging Maman aus. Wir aßen ohne sie zu Abend. Großmutter befahl uns, schnell zu machen, und ging schließlich dazu über, mich zu füttern, obwohl ich bereits vier Jahre alt war. Der Löffel schlug gegen meine Zähne. Die Suppe verbrannte mir die Zunge. Wenn Maman nach Hause kam, war ich schon im Bett. Durch die Wand hörte ich Großmutters gedämpften Zorn. Maman stieß gegen die Möbel und die Wände, und ihr lautes Stöhnen erschreckte mich. Ich spitzte angsterfüllt die Ohren. »Wenn du das noch mal tust, sperre ich dich ein«, zischte Großmutter. Möglicherweise setzte sie ihre Drohung in die Tat um, denn zehn Jahre lang ging Maman nicht mehr aus.

Papa ist im Krieg gefallen. Lange Zeit war dies das einzige, was ich wußte. Wenn ich Fragen stellte,

- -

wurde ich geschimpft. Es tat Maman weh. Ich wollte Maman nicht weh tun. Ich durfte in ihr Zimmer gehen. Ich blieb reglos stehen und betrachtete sie, wie sie ihre Karten umdrehte. Manchmal hielt sie inne. Dann zupfte sie an meinen Zöpfen herum, oder besser, an meinen Rattenschwänzchen, denn ich habe noch nie viel Haare gehabt, zum Leidwesen meiner Großmutter. Ihre kleine, nervöse Hand quälte mich ein wenig, aber ich hielt den Atem an. Selbst wenn sie hart an den Zöpfen gezogen hätte, hätte ich nichts gesagt. Wenn ich meine Hand auf die ihre legte, zuckte sie zusammen. Sie nahm mich niemals in ihre Arme. Maman nahm nichts in die Arme, sie war immer und überall gewichtlos.

Jeden Tag gegen vier Uhr trank sie einen Lindenblütentee. Den dunklen Gang entlang war ich eifrig bemüht, ihr die Tasse zu bringen, und ich zitterte vor Anstrengung. Leise rief ich nach ihr, wenn

- -

ich vor der Tür stand. Sie öffnete lautlos. Dann neigte sie sich zu mir herunter, die Haare fielen ihr über die Augen. Sie setzte mich auf ihr Bett und steckte mir ein mit Lindenblütentee getränktes Stück Zucker in den Mund. Von der sirupartigen Flüssigkeit floß mir ein wenig übers Kinn, und sorgfältig, systematisch wischte sie mir das Rinnsal mit dem Finger in den Mund zurück. Ich war wie gelähmt, wie versteinert vor Wollust. Ich sabberte absichtlich. Als wäre ich zurückgeschrumpft auf diese Lippen, die von ihren Fingern berührt wurden. Als ich sechs Jahre alt wurde, fand ich mich zur Teezeit auf die Schulbank verbannt, und mit der Wollust war es vorbei. Wie oft habe ich mir gewünscht, Bruno möge mich auf diese Weise füttern, ohne Löffel. Ich habe es nie gewagt, ihn darum zu bitten.

Großmutter wusch mich, zog mich an, brannte mir mit der Brennschere Locken in die Haare, führte

- -

mich auf dem Markt und in der Kirchengemeinde vor, wo sie in einem Wohltätigkeitsverein aktiv war. Ich schwieg, ich tat alles, was sie verlangte. Sie war groß und stark, hatte breite Schultern, einen beeindruckenden Busen, dicke Lippen. Mit ihren dauergewellten Haaren war sie größer als Großvater. Wir verschwanden alle unter ihr. Obwohl sie eine der Respektspersonen des Viertels war und jeder sie ehrerbietig grüßte, hatte ich irgendwie das Gefühl, daß ein Übermaß an Kraft von ihr ausging, vor allem dann, wenn ich ihre von den spitzen Schuhen eingezwängten Füße betrachtete. Großmutter war als Versehrte gezeichnet. Sie war eine Frau ohne Sanftheit, ohne Schwäche, die stolz ihre deformierenden Schuhe trug und uns alle an der Kandare hielt. Ich habe meine Kraft von ihr geerbt.

Bis ich zur Schule ging, besuchte ich zweimal in der Woche die Messe, am Sonntag und am Freitag.

- -

Sonntags kamen wir etwas früher. Großmutter kontrollierte die Anordnung der Blumensträuße. Ich spürte, wie hinter mir das Geräusch der hin- und hergerückten Stühle lauter wurde. Plötzlich setzte die Orgel ein, eine Gänsehaut lief mir über den Rücken. Das Kirchenschiff wurde erleuchtet, und die Prozession der Priester schritt feierlich den Mittelgang entlang, weihrauchumwölkt. Es war gewaltig. Es wiederholte sich jeden Sonntag, immer auf die gleiche Weise, und es war um so gewaltiger. Der Himmel schien sich zu öffnen. Es war fast schon das Dröhnen des Jägers. An einer der Säulen hing ein großer Christus aus bemaltem Holz, sein Gesicht neigte sich in unsere Richtung. Mir war, als schliefe er, als wartete er geduldig, daß dieses ganze Brimborium aufhören möge. Er erinnerte mich an Maman.

Am Freitag zitterten die Statuen im flackernden Kerzenlicht, und die echten Christen waren unter sich. Außer mir nur alte Damen. Die Stimmen wisperten, hastig, erstickt, als schämten sie sich, überhaupt hörbar zu werden. Auf meinem Gebetsstuhl kniend, betete ich einen Rosenkranz für Maman. Wenn ich genügend bete, dachte ich, wird sie gesund. Das Prinzip »nichts ohne Gegenleistung« hatte mir Großmutter beigebracht. Wenn du brav bist, lese ich dir *Die Ziege des Herrn Seguin* vor. Ich war immer brav. Dummheiten machte ich nur, weil ich ungeschickt war. Ich ließ alles fallen, die Seife, den Teller, das Stückchen Fleisch. Nach der Kirche kam ich nach Hause mit der festen Überzeugung, Maman würde mich heiter und lächelnd an der Tür erwarten. Sie würde mich bei der Hand nehmen und mich irgendwo hinbringen, weit weg, wo es viel Licht gäbe und wir beide allein leben würden.

Aber vermutlich war ich nicht gut genug im Beten, denn Maman stand nie an der Tür. Wohingegen der Jäger dort, in der Kühle des Morgens, sich schon bereit machte.

Die Wohnung kam mir riesig vor. Überall, außer in der Küche, herrschte das freudlose Dunkel. Es gab einen großen Salon, ein großes Eßzimmer und vier weitere Räume, von denen einer meinem Großvater als Arbeitszimmer diente. Vor allem aber war da der lange Flur. Bis zum Schluß, dem Tag, als ich die neuen Besitzer hindurchführte, habe ich mich in diesem Flur gefürchtet. Als ich klein war, kam er mir wie ein Tunnel vor, in dessen Finsternis ich vordringen mußte. Ich konnte weder die Türgriffe noch den Lichtschalter erreichen. Ich schlich an der Wand entlang. An der Stelle angekommen, wo er einen rechten Winkel bildete, sickerte endlich ein wenig Licht unter der Küchentür hervor, und ich war gerettet. Mein Zimmer war mit Erwachsenenmöbeln ausgestattet, die Tagesdecke und die schweren Vorhänge aus violettem Samt kündeten von ewiger Trauer- und Fastenzeit. Der einzige helle Fleck war der Bettvorleger. Alle Schränke waren abgeschlossen, warum, weiß ich nicht. Großmutter trug die Schlüssel immer bei sich, der Bund war an ihrem Gürtel befestigt und klimperte bei jedem Schritt.

Eines Tages sperrte sie mich zur Strafe in die Abstellkammer, weil ich eine Kristallvase zertrümmert hatte. Ich hockte im Dunkeln zwischen den Besen und dem Bohner. Ich mußte an Hänsel und Gretel denken und an die Kinder, die der heilige Nikolaus in das Salzfaß steckt. Die Angst nahm solche Ausmaße an, daß ich anfing zu brüllen. In der Wohnung der Rue de la Bienfaisance kam Lärm niemals vor. Schreien war Erleichterung. Auf der anderen Seite schlug Großmutter mit der Faust gegen die Tür. Wirst du wohl aufhören? Das Schreien leistete mir Gesellschaft. Ich hörte mir meine Stimme an. Ich entdeckte sie und war erstaunt über ihre Kraft.

Je mehr ich schrie, desto deutlicher stieg etwas Warmes, Energisches in mir hoch, ein neuartiges Wohlgefühl, lustvoll und heftig. Vermutlich war es mein Haß gegen diese grausame Frau, die mir noch immer nicht öffnete. Wir kämpften, wir rangen miteinander durch diese verschlossene Tür hindurch, beide auf den Sieg aus, auf die Vernichtung des anderen. Ich war an den Kampf nicht gewöhnt, meine Kräfte verließen mich. Ich wurde heiser, die Stimme versagte mir ihren Dienst. Ich war vollkommen erschöpft. Als sie mich nicht mehr hörte, öffnete Großmutter die Tür. Ich lag auf dem Boden, ich rührte mich nicht vom Fleck. Sie schleppte mich in mein Zimmer, und ich ging ohne Abendessen ins Bett. Ich habe nie wieder geschrien.

Großmutter las mir Märchen vor, viele Märchen. Das spielte sich im Wohnzimmer ab. Aus einem verschlossenen Schrank nahm sie feierlich große rote Bände mit Goldschnitt, die sie einst Maman geschenkt hatte. Ich durfte sie nicht anfassen. Sie setzte sich auf einen mit braunem Samt bezogenen Sessel, und ich hatte meinen kleinen Stuhl, der Mamans Stuhl gewesen war, als sie klein war. Ich hatte zwei Lieblingsgeschichten: *Die Feen* und *Die Ziege des Herrn Seguin*. Ich verlangte immer wieder danach. Ich hätte sie jeden Tag hören wollen. Zu meinem Leidwesen war Großmutter dagegen. Warum immer die gleichen? Mit den *Montagsgeschichten* von Alphonse Daudet haben wir noch nicht einmal angefangen. Sie machte alles mit System und legte Wert darauf, daß ich so werde wie sie. Beim Sprechen Perlen oder Kröten auszuspucken, das verwirrte mich, machte mich neidisch. Wenn das Bild auftauchte, war mir, als hätte ich einen vollen Mund. Irgendwie schwante mir, daß man beim Sprechen zeigt, was in einem steckt. Um das zu tun, war ich zu kleinmütig, und meine seltenen

Fragen gingen ins Leere, wenn ich nicht auf das Jesuskind verwiesen wurde. Die Angst hatte die unangenehme Folge, daß ich lange Zeit im Glauben verharrte, ich hätte riesige Mengen Perlen im Bauch. Als ich dann Kröten darin entdeckte, waren sie schon zu Ungeheuern geworden. Die Ziege des Herrn Seguin hingegen war ganz eindeutig Maman. Jedesmal, wenn Monsieur Seguin mit seinem kleinen Schalltrichter rief: »Komm zurück, komm zurück!«, mußte ich weinen. Am Abend legte ich mich auf meinen Bettvorleger und rieb unaufhörlich meine Wange daran. In meinem Kopf hüpfte die weiße Ziege in der Ampelopsis herum; ich wußte zwar nicht, was das Wort bedeutete, aber auch heute noch sehe ich, wenn ich es ausspreche, einen kleinen Sonnenfleck.

Großmutter aber war eine Kinderfresserin. Sie hatte eine Vorliebe für *Rotkäppchen*. Siehst du, man darf nie mit Unbekannten sprechen (das war der Hauptvorwurf an meine Mutter). Ich sah ihr beim Vorlesen zu und war fasziniert von der Mundbewegung. Lag es daran, daß sie fleischige Lippen hatte? Man hätte meinen können, sie fresse die Wörter auf. Es waren weder Perlen noch Kröten, sondern ein tönender Brei, der von einem unermüdlichen Mechanismus hervorgebracht wurde, einem schwarzen Loch, das sich eine Handbreit von meinem Gesicht entfernt unentwegt öffnete und wieder schloß. Es war der Rachen des Wolfs, der eine geheimnisvolle Drohung hinunterschlang. Nachts stellte ich mir Großmutter vor, wie sie heimlich auf ihren scheußlichen Füßen durch die Wohnung schlich, die Lippen gierig nach vorn geschürzt. Ich hatte Angst. Ich wollte Maman rufen. Ich traute mich nicht. Auch Maman machte mir angst, aber bei ihr war es anders: ich hatte Angst vor ihrem Schweigen, vor ihrem ausdruckslosen Gesicht.

Einmal im Monat empfing Großmutter ihre Priesterfreunde und ein paar Gemeindemitglieder zum Abendessen. Wenn sie die Küche verließ, in der sie den ganzen Tag verbracht hatte, zog sie ihre Schürze aus und klopfte an Mamans Tür.

»Es ist fünf Uhr, Bénédicte. Soll ich dir dein Haar hochstecken?«

Ohne die Antwort abzuwarten, trat sie ins Zimmer, ergriff Mamans Haare und toupierte sie so lange, bis sie zur Decke hochgereckt vom Kopf abstanden. Danach legte sie sie auf dem Schädel zurecht, hantierte mit Haarnadeln und besprühte das Ganze üppig mit Spray. Ich stand an der Tür und sah zu, wie meine Mutter häßlich gemacht wurde. Weder sie noch ich sprachen ein Wort.

Zum Aperitif durfte ich dabeisein. Großmutter

thronte inmitten der ergebenen Priesterschar. Sie warf Sätze in den Raum, und ihre Stimme klang schrill, spitz wie die Zinken einer Gabel. In der Aufregung des Empfangs kam ihre eigentliche Stimme zum Durchbruch. Maman schlürfte einen Fruchtsaft, Madeira bekam sie nicht. Irgendwelche Damen sagten freundliche Dinge über mich, sprachen über mein nettes Wesen. Sie nickte, ihre Augen blickten ins Leere. Um neun Uhr – die Zeit war abgesprochen – trat die Concierge mit einem weißen Spitzenschürzchen ein und verkündete, die Gesellschaft möge sich zu Tisch begeben, was für mich das Signal war, daß ich ins Bett gehen mußte. Von meinem Zimmer aus hörte ich das Stimmengewirr aus dem Eßzimmer, wobei die Stimme von Großmutter alle anderen übertönte. Das waren die einzigen außergewöhnlichen Tage. Auch die verliefen nach einer strengen Ordnung.

In solchen Nächten wiederholte sich häufig ein

- -

bestimmter Traum. Ich schob meine Hände in Mamans Haare und löste den Knoten. Die Haarnadeln fielen auf den Boden, hüpften über das Parkett. Das zarte Geräusch hörte ich ganz genau. Je mehr ich das Haar streichelte, desto mehr fielen herunter. Sie schienen sich unter meinen Händen zu vermehren. Niemals gelang es mir, das hochgesteckte Haar vollkommen zu lösen. Im Gegenteil: zum Schluß war der Kopf immer mit einem dichten Stachelgestrüpp anstelle von Haaren bedeckt. Dann wandte Maman mir das Gesicht zu, neigte ihren so sonderbar gekrönten Kopf ein wenig zur Seite und sah mich fragend an. Bis in meine Träume hinein war ich unfähig, meine Mutter zu lieben.

Als mir Großmutter eines Tages eine Geschichte vorlas, hatte sich Maman ganz leise genähert. Ich war so erstaunt, sie zu sehen, daß ich aufsprang und mich buchstäblich auf sie stürzte. Sie unterdrückte

- -

einen Schrei. Ich hatte ihr weh getan. Großmutter rügte mich und befahl mir, mich wieder zu setzen. Später lernte ich in der Schule die La-Fontaine-Fabel vom Esel und dem kleinen Hund. Während ich sie aufsagte, wurde ich von der Erinnerung an diese Szene überfallen. Der Esel, das war ich. Meine Liebkosungen waren Schläge und Tritte.

Das ölig flache, metallig schimmernde Meer dort, der Himmel wolkenlos, die Sonne so klar umrissen, als wäre sie mit der Schere ausgeschnitten worden, erst knapp über dem Horizont. Der Urmorgen der Zeit, der Glanz der Schöpfung. Und im jungfräulichen Licht die kleine, kompakte Gestalt des Jägers, der unaufhaltsam seine Bahn verfolgt.

Großvater hatte drei Leidenschaften: die Mathematik, die Astronomie und den Kabeljaufang vor Neufundland. Dies hatte zur Folge, daß er, aus anderen Gründen als Maman, ebenfalls fast jeden Tag eingeschlossen in seinem Arbeitszimmer verbrachte, über gelehrte Bücher gebeugt. Da er während des Ersten Weltkriegs in einen Giftgasangriff geraten war, war er gesundheitlich anfällig. Jeden Morgen spuckte er in sein Waschbecken. Ich kann mich nicht erinnern, daß ich jemals mit ihm gespielt hätte. Ich konnte noch kaum sprechen, da brachte er mir schon das Zählen bei. Bei Tisch stellte er mir komplizierte Kopfrechenaufgaben, die ich unverzüglich lösen mußte. Darin erschöpfte sich unser Austausch. Zum Glück war ich ziemlich begabt. Wenn ich besonders gut gewesen war, nannte er mich »meine kleine Ratte«. Viele Jahre später auf seinem Krankenhausbett nannte er

- -

mich erneut seine kleine Ratte. Es verschlug mir fast den Atem. Beim Anblick dieses Mannes, von dem ich so wenig wußte, ging mir die verzweifelte Frage im Kopf herum: Warum hat er mir nie vom Ersten Weltkrieg erzählt, von den Schützengräben, dem Schlamm, der Kälte, dem Hunger, den stinkenden Leichen, den Gasgranaten? Warum weiß ich nichts von alledem? Unfähig, seine Hand in die meine zu nehmen, habe ich unter Tränen leise gemurmelt: Siebentausendachthundertfünfundneunzig und neuntausendzweihundertsiebzehn macht … Er konnte schon nicht mehr antworten. Unter den Gegenständen, die mir die Krankenhausverwaltung ausgehändigt hat, fand ich seinen grauen Kaschmirpullover, er war blutbefleckt. Ich habe ihn gewaschen. Die Flecken gingen nicht heraus, und ich habe ihn so getragen, so lange, bis die Ärmel völlig abgestoßen waren.

Dabei sprach Großvater nicht immer in Zahlen.

- -

Im Sommer fuhren wir in Ferien nach Fécamp. Mit größter Ungeduld wartete ich auf die Abreise. Ich mochte Fécamp. Der Gedanke an Fécamp half mir, das Jahr in der Rue de la Bienfaisance zu ertragen. Großvater belud den großen Citroën 15 und folgte dabei den Anweisungen von Großmutter. Ich stieg hinten ein, zusammen mit Maman. Wir hatten die Füße auf dem Gepäck, den Picknickkorb hielten wir auf dem Schoß. In Rouen machten wir halt: dort kaufte Großmutter zwei Teller für meine Aussteuer. Danach fuhren wir weiter durch die Dörfer in Richtung Meer, der Wagen ächzte unter der Last der auf dem Dach festgeschnürten Koffer. Großvater hatte die Lokalzeitung von Fécamp abonniert, daher wußte er über die Gezeiten Bescheid. Er machte Prognosen über den Wasserstand, je nach Dauer der Reise. Ich hatte es doch gesagt, tönte er stolz bei der Ankunft, und diese Freude gab ihm die nötige Kraft, um die harte Prüfung des Aus-

ladens und Einrichtens zu überstehen. Es war, als ob wir in Fécamp bereit gewesen wären, ein anderes Leben zu beginnen.
Meine Großeltern mieteten jedes Jahr das gleiche rote Backsteinhaus; es stand ganz am Anfang des alten Zöllnerwegs, der zum Felsen hinaufführte. Eine Veranda, die wie ein Glaskäfig vorne an die Fassade angeklebt war, nahm ihm etwas von seiner Strenge. Von den Fenstern aus sah man nichts als das Meer und den Himmel, an dem die Möwen kreisten. Hinter dem Haus verbarg sich ein kleiner Garten. Maman und ich schliefen im ersten Stock, unsere beiden Zimmer lagen einander gegenüber. Ich hatte durchgesetzt, daß unsere Türen einen Spaltbreit offenblieben. Von meinem Bett aus starrte ich auf den Spalt. Ich hatte das Gefühl, daß auf diese Weise mein Herz zu ihr hinfliegen konnte. Ich flüsterte ihren Namen, ich wiegte sie in den Schlaf, ich bewachte ihre Träume. Man könnte

glauben, ich liebte meine Mutter. Sogar daran zweifle ich inzwischen. Ich wollte einfach nur liebkost werden.

Aber vor allem war Maman in Fécamp anders. Wir verbrachten die langen Nachmittage am Strand oder am Fuß der Klippen, wenn die Ebbe es erlaubte. Sie sagte: »Geh, geh ins Wasser.« Und ich rannte über den Strand, verstauchte mir die Füße auf den Kieselsteinen und warf mich ins kalte Wasser, geblendet von der Sonne, mit federleichtem Körper, das Herz trunken vor Dankbarkeit, weil sie, meine Mutter, endlich das Wort an mich gerichtet hatte. Wir schlenderten durch den Hafen und lasen die Namen der Schiffe. Wir gingen im steifen Wind bis zum Leuchtturm. Maman mochte den Wind. Sie stand da und ließ ihre Röcke wehen, ihr Haar zerzausen, den Blick auf das Wasser, in die Ferne gerichtet, trotz der Gischt, die uns in die Augen sprühte. Es war wie ein Sog: Der leere Hori-

- -

zont, auf den wir schauten, als ob wir ein Zeichen erwarteten, nahm uns gefangen.

Jeden Tag ging Großvater zum Hafenamt und unterhielt sich mit alten Fischern, die noch zur Zeit der großen Segelkutter auf den Neufundlandbänken gearbeitet hatten. Ich begleitete ihn gerne. Diese Seeleute, die keine anderen Feinde mehr hatten als als Arthrose und Langeweile, ließen bereitwillig ein aufregendes Leben wieder auferstehen: ein Leben voller Schrecken, fürchterlicher Stürme, erfrorener Füße, vom Salz zerfressener Wunden, unmenschlicher Strafen, widerwärtiger Suppen und Skorbut. Das war die Art, wie Großvater träumte. Danach ging er mit seinem Notizbüchlein zum Hafenkapitän, erkundigte sich über die Position der Schiffe dort bei den Neufundlandbänken, über das Wetter, die Tonnage des Fangs, hörte voller Ehrfurcht die Funksprüche mit und betrachtete andächtig die mit kleinen Stecknadeln gespickten Seekarten. Zu Hause machte er sich mit dem Thermometer und dem Barometer zu schaffen und teilte uns bei Tisch die Aufzeichnungen mit. Zwei Tage vor dem 15. August stellte er auf Mamans Balkon ein messingglänzendes Fernrohr auf, das er aus Paris mitgebracht hatte. Wenn es vollkommen dunkel war, stiegen Maman und ich hinter ihm die Treppe hinauf. Großmutter ging ins Bett, wobei sie nur sagte, sie kenne den Himmel seit vierzig Jahren auswendig. Großvater zeigte uns die Saturnringe, die Mondmeere, den Orion, den Andromeda-Nebel, die Kassiopeia. Man mußte das Auge an das Fernrohr legen, ohne es zu berühren, weil die empfindliche Einstellung sofort verrutschte. »Siehst du auch richtig, siehst du auch richtig«, wiederholte er immer wieder. Er war besorgt, ob wir auch ja nichts von den Wundern übersahen, die er uns eröffnete. Danach blieben wir draußen stehen, die Nase in die Luft gereckt:

wer die erste Sternschnuppe sah, hatte gewonnen. Es war immer Maman. Das atemlose Staunen über die Welt habe ich wohl in jenen Nächten auf dem Balkon in Fécamp gelernt.

Wenn wir den Himmel ausgiebig betrachtet hatten, gingen wir leise in die Küche hinunter. Großvater schenkte uns ein Glas Madeira ein und holte seine Flasche alten Rum aus dem Schrank. Der sonst so Schweigsame war nicht mehr zu bremsen. Immer wieder erklärte er uns die Geheimnisse des Himmels, von der Theorie des Urknalls bis zur Bewegung der Gestirne. Er seufzte, schenkte sich noch ein Glas ein und sagte, er wäre gern Seemann gewesen, hätte gern mit dem Sextanten den Standort errechnet, nach dem Polarstern navigiert, das Chinesische Meer und den Himmel Australiens, ja sogar die gefürchteten Neufundlandbänke gekannt. Er betrachtete Maman und seufzte: »Wie dein Mann ...« Mir war schwindlig, des Madeiras

- -

wegen. Maman schloß die Augen. Nichts. Wir sprachen nicht weiter. Er räumte die Flaschen weg. Wir gingen in unsere Zimmer hoch, und die Stille legte sich wieder über uns wie ein schweres Tuch. Manchmal gab es schwere Stürme. Kein Wölkchen am Himmel, kein einziger Vogel, nur der wilde, entfesselte Wind, der das Meer aufwühlte, die Wellen den Deich hochjagte, die Kiesel mitriß, so daß wir sie auf der Straße wiederfanden, der die Häuser peitschte und die Bäume zerzauste. Ich legte die Hände flach auf die Verandafenster und spürte, wie der Wind gegen die Scheiben drückte, als wollte er mit Gewalt bei uns eindringen. Großmutter zog sich am Ende immer in ihr Zimmer zurück. Der Wind belastete ihr anfälliges Herz. Großvater stand hinter mir auf der Veranda, so mager, so gebrechlich, als müßte ihn allein das Brausen schon umwerfen. Was Maman betraf, so wußte ich, wo sie war, und sobald sich Großmutter eingesperrt hatte, ging ich hinauf zu ihr. Wir hielten uns krampfhaft am Balkongeländer fest, die Böen fielen wütend über uns her. Es war schwer, die Augen offenzuhalten. Am Abend brannte die Haut, die Augen waren stark gerötet, und wir waren wie betrunken. Aber nie waren die Laken so sanft unter meinen Wangen, ich schlief ein in einem Zustand der wollüstigen Glückseligkeit, mit der Vorstellung, ich würde Großmutter umbringen.

Ich habe Großmutter nicht umgebracht. Ich bin feige. Hoffnungslos feige. Dagegen ist kein Kraut gewachsen. Einige Zeit bevor wir die Wohnung aufgaben, machte ich einen kläglichen Versuch. Die stolze, wohltätige Dame war nur noch eine verschrumpelte, von Rheuma gelähmte Greisin. Die Serviette um den Hals gebunden, saß

- -

sie am Küchentisch und bewegte hilflos ihren Löffel. Etwas Malzkaffee klebte am Metall. Sie sah aus wie ein monströser Säugling. Großvater stand auf wackeligen Beinen neben ihr, hielt einen Topf in der Hand und schickte sich an, ihre Schale mit kochend heißer Milch zu füllen. Seine Hand zitterte gefährlich: Der Topf war zu schwer für ihn. Ich sah genau, daß er nicht richtig treffen und daß die dampfende Milch auf Großmutters Schoß landen würde. Ich hätte eingreifen müssen, aber ich rührte mich nicht. Ich war wie hypnotisiert von der sich anbahnenden Katastrophe und ließ den Topf nicht aus den Augen. Ich wünschte, es möge passieren. Ich sah schon den nassen Rock, den geröteten Schenkel mit der verbrühten Haut. Sie brauchten mich, sie brauchten meine Jugend. Ich war bereit, es sie brühwarm erfahren zu lassen. Großvater sah mich an, dann goß er die Milch in die Schale. Kein Tropfen ging daneben. Er sah mich erneut an und sagte: »Es ist verdammt häßlich, wenn man alt wird.« (In ihrer Glanzzeit wäre ihm Großmutter über den Mund gefahren: »Man sagt nicht, es ist verdammt häßlich, man sagt, es ist unschön.«) Plötzlich hatte ich das sichere Gefühl, daß ihm nichts von meinen Gedanken entgangen war. Die Schamröte trat mir ins Gesicht, und im Gefühl zu ersticken lief ich auf die Straße. Es regnete. An einem Bordstein verstauchte ich mir den Knöchel. Schlammiges Wasser spritzte mir an die Beine und landete sternförmig auf meinem Mantel.

Die Ferien gingen zu Ende. Das Haus mußte geschlossen, der Himmel mit den kreisenden Möwen ein letztes Mal betrachtet werden. Schon im Auto wurde die Luft stickig. Ich kauerte mich auf meinem Sitz zusammen, als müßte ich mich vor dem langen Winter schützen, der mir

- -

bevorstand. Von nun an würde sich mein Leben wieder zwischen Wohnung und Schule abspielen. Von dieser öffentlichen Einrichtung war mir keinerlei Segen zuteil geworden. Einmal in der Woche füllte die Lehrerin das kleine Tintenfaß aus Steingut, das oben rechts in der Bank eingelassen war, mit violetter Tinte. Diese Tinte war mir ein Greuel. Ich war unfähig, meine Feder einzutauchen, ohne Kleckse auf mein Heft, meine Finger, das Pult zu machen. Ich schrieb miserabel. Die Feder kratzte und blieb auf dem Papier hängen. Die Buchstaben sperrten sich. Großmutter war verzweifelt und zwang mich jeden Abend, viele Zeilen *a* und *b* zu malen. Danach bewaffnete sie sich mit Bimsstein und rieb mir meine violetten Finger wund. Am allerschlimmsten war das Rechnen. Die Lehrerinnen machten sich einen Spaß daraus, mich aufzurufen. Ich mußte aufstehen, das Herz klopfte mir bis zum Hals; vor der ganzen Klasse mußte ich meine Wunderkind-Rolle spielen.

Trotz meiner Aufregung gerieten die Zahlen nie in Unordnung in meinem Kopf, und die Lehrerinnen gaben zuerst auf. Ich war schüchtern. Um auf die anderen zuzugehen, schämte ich mich viel zu sehr für meine Ungeschicktheit, war ich viel zu verwirrt über mich selbst. Ich blieb allein. Worauf ich wartete, auf wen ich wartete, wußte ich selbst nicht. Keiner kam. Ich steckte in der Nacht der Kindheit, und diese Nacht war tintenfleckig, in Schweigen getaucht. Mir war, als würde sie ewig dauern.

Als ich etwa zwölf war, bekam ich Ohrenschmerzen. Entzündungen des Gehörgangs, immer wieder. Es war nicht sehr schlimm, nur schmerzhaft, aber Großmutter zwang mich, das Bett zu hüten. Zu diesem Zeitpunkt, in der Einsamkeit dieser langen Tage, fing ich an, Geräusche zu

hören. Häufig gab es ein leises Surren in meiner Nähe. Ich suchte nach einer Fliege oder fragte nach, ob in der Wohnung über uns renoviert wurde. Bald war mir klar, daß niemand außer mir dieses Surren hörte. Anscheinend hatte es mit meiner Ohrentzündung zu tun. Aber als ich wieder gesund war, dauerte das Surren an. In Panik geriet ich deswegen nicht. Ich dachte an Madame Dufresne, die sich in der Pfarrei um die Altkleidersammlungen kümmerte. Jedesmal, wenn wir ihr meine zu kurz gewordenen Kleider brachten, seufzte sie:
»Jesusmaria! Mein Kopf ist der reinste Brummkreisel. Das wird noch ein böses Ende nehmen.«
»Sie beklagt sich immer«, sagte meine Großmutter auf dem Rückweg. »Man belästigt doch nicht Gott und die Welt mit seinem läppischen Ohrensausen. Sie wird uns alle überleben, du wirst schon sehen.«
Es war also ganz einfach: ich hatte das gleiche wie Madame Dufresne. Ich war es gewohnt, mich nicht

wohl zu fühlen. Auf eine zusätzliche Unannehmlichkeit kam es da auch nicht mehr an. Darüber hinaus hatte sich mein Körper verwandelt, und vielleicht hatte dieses störende Phänomen mit dem Anschwellen meiner Brüste zu tun oder aber mit jener heimlichen Wunde, die inzwischen aus meinem Innern herausblutete. Ich besuchte die zweite Klasse des Gymnasiums, unbewußt oder auch ungewollt war ich gewachsen. Ich kannte mich nicht gut. Ich schob mich selbst beiseite wie ein Hindernis. Ich wußte, das Leben ist eine Reihe von unangenehmen Erfahrungen. Damit hatte ich mich schon abgefunden. Es gelang mir sogar, es erträglich zu finden, und ich war auf dem besten Weg, es zu ertragen. Wäre Nathalie in Marokko geblieben, so denke ich manchmal, dann hätte ich bis zu meinem Lebensende nur unter banalem Ohrensausen gelitten.

In betont aufrechter Haltung betrat sie das Klassenzimmer, ein großes, dünnes Mädchen. Sie kniff die Augen zusammen und sah prüfend in die Runde, dann blieb ihr Blick an mir hängen. Wer bist du? schienen mich ihre Augen zu fragen. Es gab nichts, was ich hätte antworten können. Ich ging auf der Stelle in die Knie. Ihre langen blonden Zöpfe, ihre blitzende Zahnspange, ihr selbstsicherer Blick, alles wirkte betörend auf mich. Sie kam aus Casablanca, wo ihr Vater eine französische Firma geleitet hatte. Was nun geschah, war eine urplötzliche, radikale Veränderung. Ich entdeckte, daß sich die Welt nicht auf die Rue de la Bienfaisance beschränkte. Mein sanftes, ruhiges Leben schlug um in Ungeduld. Morgens stand ich überstürzt auf, mit dem dringenden Bedürfnis, sie wiederzusehen. Ich öffnete das Fenster in meinem Zimmer, jeder Atemzug war ein Ruf nach Nathalie. Ich eilte, ich sprang ihr entgegen. Ich vergaß Großmutter, die, vom Rheuma steif, ganz allmählich ihren Hochmut einbüßte, ich vergaß Maman, die in der Unnahbarkeit ihres Zimmers eingeschlossen blieb. Unterwegs streichelte ich die Hunde, ich entdeckte den Herbsthimmel, den Duft der Kastanienbäume, die angenehme Morgenkühle. Ich war glücklich und konnte es kaum fassen. Wenn ich sie sah, wie sie in ihrer kerzengeraden Haltung unten am Eingang ihres Hauses auf mich wartete, seufzte ich vor Erleichterung: Sie war da, ich hatte nicht geträumt.

Nathalie hatte alles, um mich zu bezaubern. Sie war lebhaft und fröhlich, sie sprühte nur so vor Schalk, ich war ungelenk und abstoßend langweilig. Sie sprach forsch, imponierte uns mit arabischen Ausdrücken. Ich hatte Mühe, ein paar Worte herauszubringen. Wenn ich versuchte nachzudenken, fiel mir nichts ein. Mein Hirn war nichts als ein schwarzes Loch, das hin und wieder ein Schwall von Erregung durchflutete. Nur Zah-

- -

len erfaßte ich. Ich war die Beste in Mathematik, Nathalie in Französisch. Ihre Leidenschaft galt dem Ballett. Sie sagte, sie werde Tänzerin. Für mich gab es nur Nathalie, ansonsten wußte ich weder, was ich mochte, noch, was ich nicht mochte. Eine Unbekannte wohnte in mir. Ich hätte mir gewünscht, daß Nathalie es wäre.

Da ich nicht reden konnte, war ich zu dem Glück verurteilt, in Taten zu lieben. Ich machte die Mathematikaufgaben für sie, ich kämmte ihre langen Haare. Ich flehte Großmutter an, nur das Waschpulver oder den Kaffee zu kaufen, bei denen man Schlüsselringe als Zugabe bekam: Nathalie sammelte Schlüsselringe. Sie ließ sich lieben. Sie fügte sich meiner Leidenschaft und kommentierte sie mit liebevollem Spott. Und dieser Spott besänftigte mich, ich nahm ihn als Beweis für ihr Interesse an mir. Warum nützte sie ihre Macht nicht aus? Ihre Befehle waren zu brav. Ich hätte sie mir extravagant gewünscht. Im Unterricht betrachtete ich ihr Gesicht, das so wechselhaft war wie der Himmel im April. Diese Beweglichkeit, diese Durchschaubarkeit faszinierten mich. Während ich sie beobachtete, war mir, als dächte ich ihre Gedanken, als fühlte ich ihre Gefühle. Mich, die ich ein Nichts war, hatte sie auserwählt, Dankbarkeit überwältigte mich. Eines Abends führten uns unsere Lehrer ins Theater, in *Cyrano de Bergerac*. Ich identifizierte mich auf der Stelle mit Christian de Neuvillette – mit Schönheit allerdings war ich nicht gesegnet, dazu hatte ich zu schütteres Haar. Die Klasse war begeistert. Wir lernten den Nasen-Monolog auswendig, und Cyrano wurde unser Idol. Ich war die einzige, die Verständnis für Christians Unglück hatte, aber natürlich war ich unfähig, meinen Standpunkt zu verteidigen.

Großmutter sagte, ich sei gerade in einer unguten Phase. Ich ging so spät wie möglich nach Hause.

- -

Ich las *Die drei Musketiere*, weil Nathalie *Die drei Musketiere* las. Ich magerte ab, um ihr ähnlich zu sein. Oh! Wie gerne wäre ich ihr ähnlich gewesen, wie gerne hätte ich mich selbst in dem Taumel vergessen, ihr ähnlich zu sein. Sie war es, die dies nicht wollte.

Sie bestand darauf, sich für mein Leben zu interessieren. Ich ging häufig zu ihr nach Hause, wo mich ihre Mutter und ihre Geschwister mit offenen Armen empfingen. Der Umgang mit dieser Familie, wo alle gleichzeitig sprachen, brachte die Trübseligkeit meiner eigenen Familie schmerzlich zur Geltung. Ich hütete mich, Nathalie in die Rue de la Bienfaisance mitzunehmen, und sagte nur, meine Mutter sei krank. Schließlich meinte sie jedoch, dies sei kein ausreichender Grund, und trotz meiner zunächst schüchternen, dann angesichts ihrer Entschlossenheit immer heftigeren, ja panischen Abwehr zwang sie mich, ihr meine Tür zu öffnen.

- -

Man vertraute mir keine Schlüssel an, ich mußte läuten. Ich sehe uns noch im düsteren Treppenhaus stehen. Je näher die humpelnden Schritte meiner Großmutter kamen, desto mehr schrumpfte ich zusammen: Ich verschwand, ich war nichts mehr. Vor Nathalies Augen würde ich gleich niedergewalzt werden, und ich war ihr böse, daß sie mir diese Demütigung zumutete. In diesem Augenblick, auf diesem Treppenabsatz, stellten sich zum erstenmal jene Schweißausbrüche ein, die mich so sehr belasten. Großmutter öffnete – sie war sprachlos, als ich ihr Nathalie stammelnd vorstellte; dann lächelte sie, zeigte sich sehr erfreut und machte uns einen Nachmittagsimbiß. Dabei stellte sie Nathalie zahllose Fragen, und diese antwortete lachend. Ich war zutiefst gekränkt. »Deine Freundin könnte doch deiner Mutter guten Tag sagen«, gurrte Großmutter, zu mir gewandt. Nathalie war schon aufgestanden, als ob es für sie nichts Dringenderes

- -

gegeben hätte, als Maman vorgestellt zu werden. Ich packte sie unsanft an der Hand. Zorn würgte mich. Es war das erstemal, daß ich Zorn spürte. Er brach aus.

Die Gardinen waren zugezogen, das Licht gedämpft. Maman saß vor einer aufgegebenen Patience; als ich die Tür öffnete, zeigte sie keinerlei Reaktion. Sie starrte die Wand an.

»Maman, das ist Nathalie, eine Klassenkameradin.«

Sie ließ sich herbei, den Blick zu wenden. Ein einfältiges Lächeln huschte über ihr Gesicht.

»Willst du nicht mit ihr sprechen, Maman?«

Ich, die ich sie niemals berührte, trat vor und schüttelte sie wie einen Pflaumenbaum.

»Rede mit ihr, Maman!«

Natürlich sagte sie nichts. Ich wandte mich Nathalie zu:

»Das macht sie absichtlich.«

Diesmal war ich mir ganz sicher, daß ich sie verletzte. Ich zog die Nachttischschublade auf und reichte der verblüfften Nathalie ein Photo.
»Das ist mein Vater«, rief ich.
Maman sprang von ihrem Stuhl hoch, riß das Photo an sich, legte es wieder an seinen Platz und machte die Schublade mit einer heftigen Bewegung zu. Sie drehte sich nicht mehr um. An den Nachttisch gelehnt, blieb sie reglos stehen. Man hörte ihren Atem. Auch ich rührte mich nicht. Ich spürte, wie der Schweiß an mir herunterrann.
Nathalie verließ als erste den Raum. Am Ende des Flurs tauchte Großmutters Gestalt auf.
»Warum hast du mir nie etwas gesagt?« flüsterte Nathalie.
Sie nahm ihre Schultasche vom Boden auf und verließ schweigend die Wohnung.
Ich hasse sie. Ich hasse sie alle. Mir ist klar, daß ich böse bin.

- -

Niemand darf uns in der Rue de la Bienfaisance besuchen, mit Ausnahme der Priester, die blind ihren Segen erteilen. Ich hüte die Rue de la Bienfaisance wie ein wohldressierter Hund. Ich kann nicht anders. Es hat mit meiner Familie zu tun. Ich trage ihr Brandzeichen auf dem Leib. Ich kann nichts dafür. Ich schließe mich in mein Zimmer ein. Ein gedämpftes Surren ist in der Luft, schwillt an. Man könnte meinen, es prallt an den Wänden, an der Decke auf. Man könnte meinen, ein Preßluftbohrer. Diesmal habe ich Angst. Ich reiße das Fenster auf. Es ändert sich nichts. Die kühle Luft durchdringt meine Wolljacke, berührt meine schweißnasse Haut: mir wird eiskalt. Und wenn in der Wohnung oben doch umgebaut würde? Großmutter brauche ich erst gar nicht zu fragen. Sie wird mich einmal mehr mit der Bemerkung wegschicken, ich solle mir die Ohren ausspülen. Ich gehe zu Großvater mit meiner Frage. Ich störe ihn

- -

bei seiner Lektüre. Nein, oben arbeiten keine Handwerker. Großvater bittet mich, die Tür zu schließen. Ich kehre zurück in mein Zimmer. Das Vibrieren wird stärker, dringt in meinen Körper ein. Ich zittere wie Espenlaub. Ich habe Angst, solche Angst. Es wird mir nicht gelingen, mich zu beherrschen. Alle werden mitbekommen, daß ich Angst habe. Daß ich wegen simplem Ohrensausen Angst habe, Nathalie ist schuld. Großmutter ruft uns zum Abendessen. Ich habe nicht die Kraft aufzustehen. Sie ruft mehrmals. Ihre Stimme klingt gedämpft, sie durchdringt nur mühsam das dichte Vibrieren. Großmutter öffnet meine Tür, ich sehe sie kaum. Ich zittere, und es gelingt mir nicht, meine Augen zu bewegen. Das ist mir noch nie passiert, daß ich meine Augen nicht bewegen konnte. Ich kann nicht antworten. Fiebermessen wird angeordnet. Erleichtert verabreicht sie mir ein starkes Beruhigungsmittel. Die Familie ißt ohne mich zu

- -

Abend. Ich glaube, daß ich sterben werde. Ich sehe, wie sich Nathalie entfernt und mit der ganzen Klasse lacht. Ich versinke in Finsternis.

Am Morgen danach hielt ich mich von ihr entfernt. Ich mied sie. In gewisser Weise kam es zu einem Rollentausch. Jetzt war sie es, die mir nach dem Unterricht stillschweigend folgte. Wortlos legte sie mir kleine marokkanische Geschenke in mein Pult: einen ledernen Geldbeutel mit Goldprägung, ein Armband aus rosa Korallen. Ich war es nicht gewöhnt, geliebt zu werden, und ich sperrte mich gegen die Gefühlsregung. Eine Art Instinkt warnte mich vor einer Gefahr. Aber leider war Nathalie schlau und hartnäckig, sie war zu stark für mich. Sie kam und bat mich, ihr bei einer Mathematikaufgabe zu helfen. Wir setzten uns im überdachten Teil des Schulhofes nebeneinander. Ich war nicht in der Lage, die Angaben zu lesen. Ihre körperliche Nähe ließ mich erstarren. Sie war-

- -

tete ein wenig, und plötzlich nahm sie mich in die Arme und drückte mich heftig. Wir rührten uns nicht, wir redeten nicht, das Herz pochte uns bis zum Hals. Dann sprang sie auf, plötzlich leicht und fröhlich. »Kuck doch nicht so«, rief sie, »du siehst ja aus wie ein Frosch!« Und sie sah mich blinzelnd an wie am ersten Tag, vielleicht nur ein bißchen eindringlicher. Ich erschauerte. »Warum redest du denn nicht, Frosch?« Ich hauchte nur: »Was soll ich dir sagen?« Sie wollte wissen, welche Krankheit meine Mutter hatte, wo mein Vater war. Sie wollte alles wissen, was ich tief in ihren Augen zu vergessen versuchte. Sie wollte nicht, daß ich vergesse. Sie wollte, daß ich mich erinnere. Sie wollte nicht, daß ich mich mit ihr ausruhe. Sie wollte, daß ich leide und es auch zeige. Und ich, ich konnte zwar leiden, ich konnte aber nicht reden. Und das wiederum konnte sie nicht verstehen. Und weil sie mich ansah und weil sie mich Frosch

- -

nannte, und weil sie mich betörte, sprach ich zum erstenmal das Nichts aus, das Nichts, das ich wußte: das Schweigen meiner Mutter und den Tod meines Vaters. Mein Vater ist im Krieg gefallen. Er war ein amerikanischer Marineoffizier. Sein Schiff hieß *Maryland*, das habe ich der Bildunterschrift des Photos entnommen. Es läutete auf dem Schulhof. Aber es gab ohnehin nichts weiter zu sagen.

Nathalie fand es unerträglich, daß ich mich nicht für meinen Vater interessiere. Als sie mich am Abend nach Hause begleitete, erzählte sie mir, daß auch ihr Vater im Krieg gewesen war, daß er mit den Alliierten in Fréjus gelandet war, um Frankreich zu befreien, daß die Soldaten Helden seien, die für die anderen Menschen sterben. Sie erklärte mir, wie die Amerikaner in Frankreich gelandet waren, und nahm an, daß mein Vater an der Küste der Normandie umgekommen war. Ich lauschte ihr völlig verdutzt. Es war also möglich, daß ich eine

Geschichte hatte, eine andere Geschichte als die der Rue de la Bienfaisance. Ich wünschte mir, daß mein Vater an der Küste der Normandie gefallen wäre, nur damit sie recht hätte. »Frag deine Großeltern«, sagte sie, »sie wissen es bestimmt.« Ich hatte keine Lust zu fragen. Aber sie drängte mich. Ich mußte ihr wohl oder übel gehorchen, sonst würden wir unsere Zeit damit verbringen, über mich zu sprechen, was mir unendlich unangenehm war. Damit mußte es ein Ende haben. Also versprach ich ihr, meine Großeltern zu fragen.

Es dauerte über vierzehn Tage, bis ich mein Versprechen einlöste. Ich übergehe all die Abende, an denen ich mit einem Kloß im Hals in meinem Zimmer landete und vor Wut weinte, weil es mir nicht gelungen war, diese ganz einfache Frage zu stellen, die ich mir innerlich Tag für Tag wiederholte: Wo ist Papa gefallen? Eines Abends endlich wage ich den Schritt. Ich werde zum Essen in der

Küche erwartet. Großmutter, meiner Verspätung wegen vor Ungeduld bebend, ihr Häufchen Tabletten neben dem Teller, Großvater, das Gesicht in den Händen vergraben, Maman, wie immer ein Schatten. Ich setze mich und grummle irgendeine Entschuldigung, dann tritt Stille ein, eine schwere Stille, die nur von Großvaters Schlabbern rhythmisch untermalt wird. Wir essen Suppe. Ich hasse diese Schlabbergeräusche: Sie klingen gefräßig, indezent, eifrig, sie sind so laut, daß ich – eine alte Gewohnheit – nicht umhin kann, mitzuzählen. Wie kann ein so magerer Mensch so viel essen? Ich muß endlich reden. Mir ist heiß. Der Löffel zittert in meiner Hand. Er soll doch aufhören, mein Gott, mach, daß er aufhört! Zehnmal bin ich im Begriff zu reden, zehnmal werde ich von einem Schlabbern daran gehindert. Jetzt essen wir das Dessert, eine Karamelcreme. Ich ersticke im Zucker, in der glibbrigen Gelatine, im Brei, in der Lüge. Ich halte krampfhaft meine Tränen zurück. Am liebsten würde ich mit der Faust auf den Tisch hauen, daß die Teller klirren, aber ich wage es nicht. Wo ist Papa gefallen? Der Satz tanzt mir im Kopf herum. Ich rufe mir Nathalies Gesicht vor Augen. Ihre Zahnspange blitzt. Das Essen geht zu Ende. Das Ohrensausen stellt sich ein. Beschämt spüle ich das Geschirr. Mit meiner ganzen hilflosen Wut scheure ich die Töpfe. Sie werden mir nicht auskommen. Nein, sie werden mir nicht auskommen. Ich folge ihnen ins Wohnzimmer, dabei schließe ich mich sonst immer in meinem Zimmer ein, sobald der letzte Teller aufgeräumt ist. Ich werde reden, bevor sie ins Bett gehen. Wenn es sein muß, werde ich ihnen bis in ihr Schlafzimmer folgen. Großvater macht das Radio an. Ich weiß nicht, ob das Zischen und Rauschen aus dem Gerät oder von meinen kranken Ohren kommt. Aber ich höre einen Journalisten, der einen General interviewt. Ich schnappe den Namen Massu auf, den Namen Algier. In der Volksschule hing einst eine Landkarte an der Wand mit der Überschrift: »Das französische Kolonialreich zu Beginn des zwanzigsten Jahrhunderts.« Ich weiß, daß Algerien eine französische Kolonie ist. »Was für ein gewaltiger Pfusch!« sagt mein Großvater seufzend, als der Bericht unterbrochen wird. Auf sein Gesicht legt sich ein trauriger Ausdruck, den ich bei ihm nicht kenne.

»Ist in Algerien Krieg?« frage ich.

»Ja«, antwortet Großvater matt, »es ist Krieg.«

Dieser unverhoffte Krieg eröffnet mir die Bresche, in die ich mich stürze.

»Wo ist Papa gefallen?«

Drei Gesichter wenden sich mir zu und erstarren. Keiner antwortet. Ich wiederhole meine Frage mit unsicherer, flehender Stimme. Ich sitze wie auf glühenden Kohlen. Meine Beine zittern. Endlich kommt Großvaters Antwort:

- -

»Bei Okinawa.«

Ich fürchte, ich habe nicht richtig verstanden, der Ohren wegen, auch weil ich diesen Namen nicht kenne. Ich habe Angst, ich könnte ihn vergessen, verlieren, ich müßte die Frage erneut stellen. Mit zugeschnürter Kehle wiederhole ich:

»Okinawa?«

»Ja, das gehört zu Japan.«

»Du armes Kind«, wirft Großmutter ein, die sich wieder gefaßt hat, »diese Kriegsgeschichten machen dich nur wirr im Kopf. Das ist nichts für Kinder in deinem Alter!«

Ich hatte schreckliche Angst ausgestanden, aber an ihrer leicht unsicheren Stimme erkannte ich, daß ich nicht die einzige gewesen war. Ich flüchtete in mein Zimmer und rempelte dabei Maman an. Den Namen schrieb ich auf ein Stück Papier, so wie ich ihn gehört hatte: mein erster Sieg. Und ich schlief ein, mit Nathalies Augen vor mir, die bei

- -

dem seltsamen Namen Okinawa sicherlich vor Aufregung glänzen würden.

Von diesem Tag an ging alles sehr schnell: die Aufdeckung der Todesumstände meines Vaters, die Zerstörung meiner Familie, die Verstärkung meines Ohrensausens.

Nathalie nahm die Sache in die Hand. Noch am Abend des Tages, an dem ich ihr den Namen Okinawa eröffnete, saßen wir beide über einem Buch, das wir der Bibliothek ihrer Eltern entnommen hatten: *Der Zweite Weltkrieg in Bildern*. Zwei Seiten und zehn Photos mußten reichen, um uns in den Pazifikkrieg – von Pearl Harbour bis Nagasaki – einzuweihen. Die Philippinen, Leyte, Saipan, Okinawa, Tokyo: eine große Karte gab die Schauplätze und die Daten der Kämpfe an, jene noch geheimnisvollen Namen, denen ich von nun an unentwegt in den Büchern nachspüren würde. Was uns am meisten Eindruck machte, war das Photo eines amerikanischen Schiffes, das in Flammen stand. Bis heute weiß ich die Unterschrift auswendig: »Okinawa: der Flugzeugträger *Bunker Hill*, nach dem Angriff von zwei Kamikaze, wenige Stunden vor dem Sinken.« Kursiv gedruckt im Text fanden wir die Definition des Wortes Kamikaze: »Kamikaze sind Piloten, die, um ihr Vaterland zu retten, den selbstmörderischen Auftrag erfüllen, ihre Bomben so dicht am feindlichen Schiff abzuwerfen, daß sie es mit absoluter Sicherheit rammen.« Ich las, daß die Japaner, dank ihrer Kamikaze, eine hohe Anzahl amerikanischer Schiffe versenkt hatten. Mein Vater war nicht auf der *Bunker Hill*, sondern auf der *Maryland* gewesen. Die *Maryland* wurde nicht erwähnt.

»Keine Sorge, wir werden sie schon finden,« sagte Nathalie, die diese Schnitzeljagd höchst aufregend fand. »Stell dir vor, dein Vater hat den Pazifik überquert, stell dir vor, diese riesigen Schiffe und diese Kamikaze, stell dir vor …«

Ich stellte es mir nicht vor, ich fühlte nichts, höchstens den Stolz, Nathalie so froh zu machen.

Gleich beim darauffolgenden Abendessen baute ich meine Position aus. Als ich die Wohnung betrat, wurde mir beinah übel. Es war Freitag, also gab es Fisch. Ich schritt voran, als ginge es zum Schlachthof. Das Gefühl, einen Fehler zu begehen, indem ich Nathalie gehorchte, verließ mich nicht mehr. Allein der Gedanke, die drei fahlen, über ihre Teller geneigten Masken zu schockieren, gab mir Halt. Den Fisch kriege ich nicht runter. Gleich muß ich mich übergeben. »Iß, solange es warm ist«, sagt Großmutter. Und ich antworte:

»Die *Maryland*, war das ein Flugzeugträger?«

Erneutes Schweigen. Maman hört auf zu essen. Sie sitzt da mit offenem Mund. Ihre Oberlippe zittert.

- -

Großvater und Großmutter hingegen kauen weiter an ihrem Fisch, als ob sie nichts gehört hätten.
»Iß«, sagt Großmutter schließlich, »Kinder sprechen nicht bei Tisch.«
Ich esse nicht. Ich schaue sie an. An einem einzigen Tag habe ich das Lager gewechselt: fortan bin ich nicht mehr Opfer, sondern Henker. Ich warte auf die Antwort. Ich nehme an, daß sie von Großvater kommen wird. Aber vermutlich wurde er gemaßregelt; feige blickt er in seinen Teller.
»Iß!« kreischt Großmutter nervös.
Nein. Ich bin schweißgebadet. Die Küche ist eine schlingernde Kiste. Ich halte mich am Tisch fest. Und es ist Maman, die angestrengt flüstert:
»Ein Schlachtschiff.«
»Bénédicte! Du wirst nur krank werden«, fährt Großmutter dazwischen.
Aber ich lasse mich nicht beirren.
»Ein Schlachtschiff? Was ist das?«

- -

Mamans Hände zittern. Sie steht auf.

»Nimm deine Tabletten«, ruft ihr Großmutter nach. Dann, bevor sie ihrer Tochter folgt, wendet sie sich an mich: »Siehst du, was du angerichtet hast?«

Ich bleibe allein mit Großvater zurück. Er kaut weiter umständlich seinen Fisch und seinen Reis, ergreift aber das Wort, als redete er mit sich selbst: »Das Schlachtschiff ist das Flaggschiff. Das größte des ganzen Geschwaders. Durch die Panzerung des Rumpfs hält es den Angriffen der Unterwassergeschosse stand. Es ist auch das bestausgerüstete, was die Flak betrifft.«

»Was ist das?«

»Die Flugzeugabwehr. Sein Deck ist mit lauter Kuppeln und Türmen voller Kanonen bestückt.«

»Wie ist Papa gestorben?«

Er zögert, schluckt, sieht mich noch immer nicht an.

- -

»Eine japanische Bombe hat das Deck aufgerissen.«

»Ein Kamikaze?«

Diesmal blickt er verdutzt auf.

»Woher weißt du das?«

»Ich bin nicht so dumm, wie ihr glaubt.«

Großmutters Stock wird hörbar. Es bricht aus mir heraus:

»Ich will wissen, wer mein Vater war.«

»Mein armes Kind! Wir haben ihn nicht gekannt«, seufzt er, bevor Großmutter mit verstörtem Gesicht hereinkommt; eine Mischung aus Sorge und Entrüstung hat ihre maskenhaften Züge in Unordnung gebracht.

»Ich mußte sie zwingen, ihr Beruhigungsmittel zu nehmen. Sie hat mich gekratzt.« Dann dreht sie sich zu mir: »Da hast du uns was eingebrockt! Glaubst du denn, daß es uns noch nicht reicht mit deiner Mutter?«

- -

Tränen treten mir in die Augen. Ich balle die Fäuste.

»Räum den Tisch ab, wenn du nichts essen willst. Mir ist der Appetit vergangen.«

Während Großvater seine Birne schält, kippe ich den ekelerregenden Inhalt der drei Teller in den Mülleimer. Türme, Kanonen ... wenn doch nur in der Rue de la Bienfaisance eine Bombe explodieren könnte! Mein Vater fuhr zur See. Auf dem Meer erstickt man wenigstens nicht.

Am Donnerstag danach brach Nathalie ihre Sparbüchse auf, und wir gingen in die Buchhandlung am Boulevard Saint-Michel und kauften alles, was wir über den Japankrieg finden konnten. Wir zogen uns in ihr Zimmer zurück und verbrachten den Nachmittag damit, diese für

- -

uns viel zu schwierigen Bücher zu entziffern. Dabei betrachteten wir lange die Photos, die sich oftmals von einem Buch zum anderen wiederholten: brennende Schiffe, klaffende Decks, kleine schwarze Punkte am Himmel, Flugzeuge darstellend, die im Begriff sind herunterzustoßen, Flugzeuge am Boden, amerikanische B-21-Bomber, die sogenannten Fliegenden Festungen, Mitsubishi-Jäger Modell Zero, Kamikaze-Piloten, die vor dem Angriff zu einem letzten Photo für ihre Familie zusammenstehen, zerbombte Viertel von Tokyo. Wir blätterten uns sofort zum Kapitel über Okinawa durch. Und dort wurden wir fündig: die *Maryland,* die die Schlachten um Pearl Harbour und Leyte heil überstanden hatte, wird am 6. April Ziel eines Kamikaze-Angriffs. Der Schaden ist reparabel. Am 7. April jedoch stürzt sich ein zweiter Kamikaze mit seinem Jäger Zero senkrecht auf die Brücke herunter. Das Feuer greift auf die Munitionslager über, die Explosion fordert unter der Besatzung zahlreiche Opfer. Das Schiff ist manövrierunfähig geworden. Es geht nicht unter, ist jedoch durch die starken Havarien unbrauchbar und muß nach den Vereinigten Staaten zurückgeschafft werden. Mein Vater ist am 7. April 1945 gefallen. Sein Tod stand also in den Büchern. Ich stürzte mich darauf. Ich entdeckte den Taumel des Lesens, jenen Heißhunger nach geschwärzten Seiten, die den Lesenden aus Raum und Zeit ausgrenzen, um ihn zwischen ihren Zeilen wie zwischen Gittern einzuschließen. Ich habe schon gesagt, daß ich nicht denken konnte. Wenn ich las, dachte ich nicht. Ich war hypnotisiert. Ich schluckte die Wörter, bis die Zeilen vor meinen Augen verschwammen, bis zum Stumpfsinn. Es war fast wie eine Lust zu sterben, glaube ich. Die Lust, im Japankrieg zu sterben.

Angeblich wurde meine Mutter meinetwegen krank. Als ob sie nicht schon krank gewesen wäre! Sie legte keine Patiencen mehr. Wie einen Käfig durchwanderte sie ihr Zimmer und rief unentwegt nach meinem Vater. Das machte mich rasend. Rief *ich* denn nach ihm? (Heute denke ich, daß sie wohl nur noch so tat, als nähme sie ihre Beruhigungsmittel, vielleicht um uns zu ärgern, vielleicht weil ich geredet hatte und sie einen schwachen Versuch machte, mir zu helfen, aber wie hätte ich das damals erraten sollen?) Sie ging wieder aus, wie damals, als ich noch ganz klein war, kam wieder betrunken nach Hause zu irgendwelchen Tages- oder Nachtzeiten. Großmutter hatte nicht mehr die Kraft, ihr Widerstand zu leisten. Sie hatte Schmerzen in den Knien. Sie beklagte sich zwar nicht, aber im Gesicht sah man es ihr an. Was konnte sie unternehmen gegen eine Frau, die noch keine

- -

Vierzig war? Ich war die einzige, die vielleicht noch etwas hätte erreichen können. Sie machte mir keine Angst mehr. Aber ich hatte keine Lust dazu. Im Gegenteil, ich war neugierig, ihren Zerfall zu beobachten. Das war meine Art, mich allmählich für sie zu interessieren. Eines Tages ging ich ihr nach.

Sie ging schnellen Schrittes, wie jemand, der weiß, wohin er will, den Boulevard Malesherbes entlang in Richtung Saint-Augustin. Sie achtete nicht auf die Autos, wenn sie über die Straße ging. Sie trug weder eine Tasche noch Geld, noch Papiere bei sich. Sie ging an der Kirche vorbei und blieb vor dem Offizierskasino stehen. Sie zögerte einen Augenblick, dann ging sie hinein. Ich wartete, völlig verblüfft und frustriert. Es war unvorstellbar, daß meine Mutter jemanden kannte, den ich nicht kannte. Nach einer Weile drückte ich mein Gesicht an die Scheibe der Tür. Offiziere in Uniform standen in der Eingangshalle, ihre Käppis in der

- -

Hand, und unterhielten sich. Zuerst sah ich sie nicht. Dann plötzlich war sie da: Sie saß auf einem Sofa und rauchte eine Zigarette. Wie sie dahingekommen war, weiß ich nicht. Ihr Gesicht war sonderbar, ein ungewöhnlicher Glanz lag darauf. Sie betrachtete die Gruppe von Offizieren in der Halle. Sie schien zu warten. Ein Matrose neigte sich zu ihr. Sie schüttelte den Kopf. In diesem Augenblick wurde mir klar, warum ich sie merkwürdig fand: ihre Lippen waren blutrot. Sie hatte die Beine übereinandergeschlagen, und ihre Hände ruhten wie abgelegt rechts und links von ihr auf dem Sofa. Ihr Mantel war halb geöffnet. Und da merkte ich, daß meine Mutter trotz ihrer häßlichen flachen Schuhe und Großmutters altem Regenmantel schön war, groß und schlank, mit seidiger Haut, wasserfarbenen Augen und hellbraunen Haaren, die weich auf ihre Schultern fielen. Ich wußte nichts von Begehren (höchstens für Nathalies Augen hatte ich so etwas empfunden), aber hier ahnte ich etwas, es ging von ihrer Haut aus und verwandelte sie, etwas, was sie mit Absicht auf ihren Lippen unterstrichen hatte. Ich wich zurück und setzte mich mit zitternden Knien auf eine Bank.

Nach einer halben Stunde kam ein Offizier mit einer Aktentasche in der Hand aus dem Gebäude. Und dicht hinter ihm meine Mutter. Der Mann ging Richtung Madeleine, und meine Mutter folgte ihm mit wenigen Schritten Abstand. Als sie den Boulevard überquert hatten, holte sie ihn ein und redete ihn an. Ihre Gesichter konnte ich nicht erkennen. Aber ich sah, daß sich Maman nach einer Weile an ihn schmiegte und ihre Wange an seiner Schulter rieb. Der Mann versuchte, sich von ihr zu befreien. Sie klammerte sich fest. Die gesamte Rue Royale entlang hielt sie ihm den Arm. Es sah aus, als würde er sie mitschleppen, die Aktentasche hing zwischen ihnen herunter. Passanten drehten

---

sich um und blieben einen Augenblick stehen. Dann löste er sich so plötzlich, daß sie taumelte. Er verschwand durch eine Tür, vorbei an einem salutierenden Wachsoldaten der Marine. Meine Mutter folgte ihm nicht. Sie blieb reglos auf dem Trottoir zurück, die Arme hingen herunter, als wäre sie im Stehen gestorben. Ihre Reglosigkeit machte mir angst. Es hatte angefangen zu regnen, und ihre Haare klebten ihr im Gesicht. Langsam kam sie die Straße in meine Richtung zurück, ich stand versteckt in einem Torbogen. Als sie auf meiner Höhe anlangte, sah ich, daß sie mit Lippenstift beschmiert war, so sehr hatte sie sich an dem Mann gerieben. Die jähe Erinnerung an den Zucker, den sie mir in den Mund wischte, ließ mich erschauern. Einmal erspähte ich, wie sie in der Vorhalle der Madeleine an einer Säule angelehnt stand, eng umschlungen mit einem Mann, und es sah aus, als würde sie seine Lippen verschlingen. Ich folgte ih-

---

nen bis zu einem kleinen Hotel in der Rue Vignon. Dort verbrachten sie eine Stunde, während ich draußen wie ein Hund Wache hielt. Ein andermal läutete sie am Dienstboteneingang des Offizierskasinos. Als ich sie eines Abends nach der Schule suchte, fand ich sie in einer Bar des Boulevard Malesherbes, wo sie zwischen zwei Matrosen saß, die sie lachend betrunken machten. Ich schämte mich. Ich fing zu weinen an, wahrscheinlich wegen der lachenden Matrosen. Wir aßen ohne sie zu Abend. Sie kam schwankend nach Hause, und die ganze Nacht hörten wir sie jammern: Andrew, Andrew …

Ich schlafe nicht. Ich lausche, wie Maman ruhelos in ihrem Zimmer umhergeht. Schubladen werden vorsichtig auf- und zugezogen, dumpfe Schritte, quietschende Sprungfedern. Sie bereitet einen ihrer nächtlichen Ausflüge vor. Ich mache Licht und öffne sperrangelweit meine Zimmertür. Ich will,

- -

daß sie mich sieht. Ich will, daß sie weiß, daß ich alles weiß. Nach fünf Minuten geht in der Tat die Klinke nach unten, das Gesicht meiner Mutter erscheint im Türrahmen. Hochrot. Überstürzt weicht sie zurück. Jetzt bin ich es, die angst macht. Ich bin es, die über die Rue de la Bienfaisance herrscht. Die Tür wird erneut einen Spaltbreit geöffnet und sofort wieder geschlossen. Hofft sie, daß ich einschlafe, damit sie weggehen kann? Da kann sie lange warten. Sie wird sich unter das Joch beugen müssen. Den Ausdruck hatte ich in der Schule gelernt. Die Demütigung der Besiegten. Hinter der Tür höre ich Schluchzen, lange. Ich habe keine Eile. Ein paar Schritte. Dann nichts mehr. Kein Weinen mehr. Nicht das geringste Geräusch in meinen Ohren. Nichts als die Leere der Nacht, in der ich ganz allein wache. Meine Mutter hat nichts von mir wissen wollen. Mein Körper liegt wie neben mir. Ich spüre ihn nicht mehr. Ich stehe auf

- -

und gehe in ihr Zimmer. Die Nachttischlampe ist an. Sie liegt im Mantel auf dem unaufgedeckten Bett. Sie schläft wie eine Ertrunkene. Ich ziehe ihr die Schuhe aus, schiebe die Beine aufs Bett, wische ihr den Mund mit einem Wattebausch ab, stöpsle das Röhrchen mit den Schlaftabletten zu, mache das Licht aus. Die Zerstörung ist deutlich fortgeschritten.

Jeden Tag erstattete ich Nathalie Bericht. Sie war nicht zufrieden mit mir. Die Dinge liefen nicht, wie sie es wollte. Sie sagte, ich hätte mich neben meine Mutter setzen und sie ganz sanft bitten sollen: Erzähl mir von Papa. Sag mir, wie du ihn kennengelernt hast, was ihr euch gesagt habt beim erstenmal. Sehe ich ihm ähnlich? Was mochtest du am liebsten an ihm? Was mochtest du nicht? Erzähl mir, Maman, ich bin deine Tochter, ich bin seine Tochter, eure Tochter. Machte er dir Geschenke? Hat er gerne geschrieben? Zeig mir seine Briefe.

- -

Ich bin sicher, daß du sie irgendwo versteckt aufbewahrst. Antworte mir, Maman. Maman ... Ich zuckte die Achseln. Wenn ihr soviel daran lag, konnte sie ja selbst zu meiner Mutter gehen und sie fragen. Auch ich war nicht zufrieden. Nathalie ließ mich nicht mehr ihre langen Haare kämmen, sie nannte mich nicht mehr Frosch. Den besorgten Blick, mit dem sie mich unentwegt ansah, konnte ich nicht leiden. Ich fühlte mich betrogen, enttäuscht, ich wurde noch härter. Ich kam nach Hause, wann es mir paßte, ohne vorher Bescheid zu sagen. Ich schloß mich in meinem Zimmer ein, aß fast nichts und ergriff das Wort bei Tisch, um Fragen zu stellen, die niemand beantworten konnte. Der Gesundheitszustand meiner Großeltern verschlechterte sich. Bald kam auch das monatliche Abendessen mit den Priestern nicht mehr in Frage. Auch der liebe Gott meinte es nicht gut, und der Frühling fiel besonders feucht aus, eine

Katastrophe für alle Rheuma- und Grippeanfälligen. Eines Abends fand ich Großmutter wie versteinert in der Küche. Sie wußte nicht, wo meine Mutter war, Großvater lag im Bett mit einer schweren Grippe, und sie hatte kein Abendessen zubereitet. Nun war die Familie endlich auseinandergefallen.

Ich würde lügen, wenn ich behauptete, ich sei über diesen Sieg glücklich gewesen. Dazu war ich zu müde. Meine Nächte verbrachte ich mit Lesen. Tagsüber ging ich abwechselnd meiner Mutter nach und in die Schule, wobei ich mir selbst Entschuldigungen schrieb für meine Abwesenheit. Auch hatte ich einen Wachstumsschub. Vor allem aber wurde mein Ohrensausen immer stärker, immer häufiger. Großmutter hatte mich schließlich zu einem Hals-Nasen-Ohren-Arzt geschickt, der nichts herausgefunden hatte. Sie hatte mir eine kleine Ohrspritze aus Gummi gekauft, und bei jedem Anfall spritzte ich mir warmes Wasser auf das Trommelfell, was wiederum Schwindelgefühle verursachte. Aber abgesehen von dieser Mattigkeit war ich viel zu denkunfähig, um zu begreifen, daß ich einen Sieg errungen hatte. Ich wurde von etwas angetrieben, was Nathalie entfesselt hatte, und jetzt trug mich diese Kraft davon, das war alles.

Das Schuljahr näherte sich seinem Ende. Ich ging Nathalie aus dem Weg. Sie bot mir an, mit ihr im Haus ihrer Cousins bei Bordeaux Ferien zu machen. Ich lehnte ab. Dabei wußte ich, daß wir nicht nach Fécamp fahren würden. Über die katholische Gemeinde hatte mich Großmutter für ein Ferienlager angemeldet. Wir verabschiedeten uns sehr ernst. Ich wußte nicht, daß es ein endgültiger Abschied war: Ihr Vater ging aus beruflichen Gründen nach Marokko zurück.

Der Hals-Nasen-Ohren-Arzt hatte befunden, ich sei schwach, und hatte zu einem Aufenthalt im Gebirge geraten. Während meine Großeltern in ihrer düsteren Wohnung versauerten und meine Mutter in der Augusthitze die Straßen von Paris unsicher machte, fuhr ich also mit der Pfarreijugend in den Vercors und erinnerte mich an die *Ziege des Herrn Seguin*. Mit den Betreuerinnen mußten wir jeden Tag wandern. Es ging steil aufwärts zwischen Bäumen, dann gelangte man auf Höhenpfade, die oberhalb von Schluchten entlangführten. Wie die Ziege Blanchette kam ich mühelos voran. Ich überholte meine Kameradinnen, deren Murren und Stöhnen ich verachtete. Wir gingen nie weit genug. Am liebsten wäre ich erst bei Einbruch der Dunkelheit zurückgekehrt, am liebsten hätte ich bis zum Abend Raum verschlungen. Mit Riesenschritten kletterte ich die Berge hinauf, ich breitete

- -

meine Arme aus. Meine Ungeschicklichkeit war verschwunden. Ich fühlte mich zu einem Strauch, einer Tanne, einem Vogel, einem Stein, einer Wolke werden. Ich lauschte der durchsichtigen Stille. Wenn wir unter den Bäumen bergauf gingen, sanken die Füße im Waldboden ein und sorgten für lautes Geknister. Aber sobald man sich dem Gipfel näherte, sobald die Grenze der Nadelbäume erreicht war, traten dicke Felsen aus der Erde, und die Schritte wurde leise wie der Himmel vor uns. Über einem breiten Tal fiel der Berg steil ab. Ich blieb reglos am Rande des Abgrunds stehen. Kein Vibrieren, kein Sausen, nichts. Eine gewaltige, schwindelerregende Ruhe. Ich traute meinen Ohren nicht. Mit allen Poren lauschte ich der Stille und sog sie auf. Zentnerlasten fielen mir von den Schultern. Ich suchte nach einem Versteck, ich legte mich unter diesem ruhigen Himmel hin, einfach nur um zu atmen, um zu spüren, wie die frische Luft mich durchdrang. Die

Betreuerinnen bekamen es mit der Angst zu tun. Ihre Rufe drangen nur schwach bis zu mir. Ich mochte es, wie mein Name ertönte und als Echo vor meinen Füßen erstarb.

Wahrscheinlich wurde ich durch diese Stille aufmerksam auf die Geräusche um mich herum. Diese Ferien wurden zum reinen Genuß für meine Ohren. Nicht ein einziges Mal benutzte ich die Ohrspritze. Das Rauschen eines Wasserfalls, das Murmeln eines Bergbächleins, das Niedertreten der hohen Gräser, der Wind in den Tannen, das Gepiepse der Vögel, das Bimmeln einer Herde, die Glocke einer Kirche … und sogar das Ticken meiner Uhr, das Knarren des Holzbodens, das keuchende Atmen meiner Kameradinnen, die Lieder der Betreuerinnen, über alles konnte ich staunen. Die Welt drang durch die Ohren in mich ein, und die Welt entzückte mich. Nicht mehr so, wie mich über dem Balkon von Fécamp die Sterne entzückt

- -

hatten, die trotz Großvaters Erklärungen fern und geheimnisvoll blieben. Nein: dieses Wunderbare hier war dicht um mich herum. Ich ging darin spazieren, ich war ein Teil davon. Mir wurde klar, wie störend mein Ohrensausen war. Gewöhnlich versuchte ich, es zu verharmlosen: es war nicht schlimm, andere Leute hatten viel mehr zu leiden. Jetzt aber war ich regelrecht verzweifelt beim Gedanken, daß mir das Glück zu hören vielleicht wieder abhanden kommen würde.

Am Abend blieb ich lange unter der Dusche, ich spürte die gesunde Erschöpfung. Und hier in dieser Behelfskabine, an die getrommelt wurde, weil ich mir Zeit nahm, hier betrachtete ich meinen Körper zum erstenmal. Und er gefiel mir. Ich hatte lange Beine, die mich ausdauernd getragen hatten, bereits schwere Brüste, deren Haut so fein war, daß ich darin das zarte Netz meiner Äderchen sah. Ich seifte mich sorgfältig ein, als ob ich einen anderen

Menschen waschen würde. Dabei war ich es selbst. Ich war verwirrt. Denn wer war ich? Diejenige, die wusch, oder diejenige, die gewaschen wurde? Während ich mir solche Fragen stellte, brauchte ich den gesamten Warmwasservorrat auf. Im Flur zu den Duschen gab es einen Spiegel. Ich konnte mich darin nicht nackt betrachten. In meinen Bademantel gehüllt blieb ich jedoch lange davor stehen und sah prüfend auf mein Bild. Dabei sagte ich immer wieder ganz leise vor mich hin: »Laura, Laura Carlson.« Ich war ich selbst und eine andere – und das machte mich schwindlig.

Als ich nach all dem Licht im Vercors die dunkle Treppe der Rue de la Bienfaisance hinaufstieg, als ich aus den Tiefen der Wohnung den Stock meiner Großmutter her-

- -

beiklappern hörte, als die Tür aufging und mir der ranzige, staubige Geruch entgegenschlug, packte mich das Bedürfnis, die Treppe hinunterzulaufen und zu flüchten, so schnell mich die Beine trugen. Unter der Wucht der Verzweiflung zitterten mir die Knie. Mein Gefängnis mit seinem dreiköpfigen Wachpersonal öffnete sich erneut. Der Herr über diese Stätte, mit zitternden Hängebäckchen, an seinen Stock geklammert, und seine beiden Schergen, der eine schwindsüchtig, der andere – das war neu – stets von einem kleinen Lachen geschüttelt. Von diesen beiden hatte ich den Eindruck, daß sie meine Rückkehr kaum wahrnahmen. Großmutter befand, daß ich gut aussah, sie stellte mich auf die Waage, sie maß meine Größe. Befriedigt fragte sie schließlich, ob ich Ohrensausen gehabt hätte. Nein, antwortete ich. Die Pfarrei wurde gelobt. Der trübe Alltagstrott setzte wieder ein. Ich hatte noch vierzehn Tage Zeit bis zum Schulanfang. Nathalie war nicht mehr da.

Maman ging aus, wann immer sie wollte. Wir achteten nicht mehr darauf. Auch ich lief häufig durch die Straßen, aber nicht mehr, um ihr nachzuspionieren. Vielleicht eher, um sie nachzuahmen. Gehen tat mir gut.

Von Nathalie bekam ich ein Päckchen. Ein Büchlein mit dem Titel: *Ich werde vor Okinawa sterben*. Es war das Tagebuch eines Kamikaze namens Tsurukawa Oshi. Ich schlug das Buch gar nicht erst auf, sondern legte es mit dem Titelbild nach unten auf einem Regal ab. Dort blieb es unter meinen Schulbüchern liegen.

Bis zu jenem Dezembertag, als ich eine Ohrenentzündung bekam. Eine heftige, beidseitige Otitis mit hohem Fieber. Der Arzt durchstach mir das Trommelfell. Und was kommen mußte, kam: das Ohrensausen stellte sich wieder ein. Und da meine Trommelfelle offen waren, dröhnte mir dieses Ohrensausen so heftig in den Kopf hinein, daß ich meinte, er würde zerplatzen. Der Arzt sagte, das sei normal, der Eiter drücke auf das Hirn, die Geräusche würden aber verschwinden, sobald ich wieder gesund wäre. Großmutter riet mir, ich solle beten, und ich betete tatsächlich, um meine Angst zu bannen. Ich blieb etwa vierzehn Tage im Bett. Als das Fieber nachließ, versuchte ich ein wenig zu arbeiten. Ich griff nach meinen Schulbüchern und fand das Tagebuch des Tsurukawa Oshi. Ich schlug es auf.

Über den Krieg im Pazifik hatte ich viel gelesen. Nicht um mein Denken zu schulen oder um mir Kenntnisse anzueignen, nicht einmal, um herauszufinden, ob mein Vater in den letzten Tagen seines Lebens dies oder jenes getan hatte. Ich las und las und war in einem Zustand der Hypnose, war fasziniert von den Ortsnamen, den Kriegs- und Marinebegriffen, den Zahlen, den Landkarten, den Photos. Aber dieses Buch hier, das von einem kaum achtzehnjährigen jungen Mann in der ersten

- -

Person geschrieben war, verschlang ich, das heißt, ich fraß es auf, das heißt, daß es nicht mehr vor mir war, sondern in mir, daß ich es nicht mehr aufschlagen mußte, um zu wissen, was drin stand, obgleich ich mir dies nicht untersagte. Es bewirkte die Verknüpfung aller meiner Fähigkeiten, schloß logisches Denken und Phantasie zusammen. Um mich herum stellte es meine Einheit her. Und dies geschah auf Kosten meines Vaters. Denn das Unglaubliche ist, daß ich diesen Mann, den zu suchen ich mir vorgenommen hatte – wenngleich auf Betreiben Nathalies hin –, vollkommen vergaß. Ich vergaß alles, was ich ihr zu tun versprochen hatte, wenn ich erst erwachsen wäre: mich bei der amerikanischen Armee erkundigen, nach New York reisen, auf Schritt und Tritt seinen Spuren folgen. Ich wurde die Beute des Buchs. Von nun an verband sich das Ohrensausen, jedesmal wenn es auftrat, ganz spontan mit Tsurukawa Oshis Jäger.

- -

Manchmal denke ich, daß Großmutter ihn kannte. Vielleicht verfolgte er auch sie. Sie wehrte sich mit Klauen und Zähnen und hatte meinen Vater wohl aus diesem Grund, weil er zu gefährlich war, Tsurukawa allzu nahe, aus dem Gedächtnis gestrichen. Das hatte sie getan, weil sie mich schützen, weil sie mir helfen wollte, aber ich begriff das nicht. Vielleicht wollte Tsurukawa auch von meiner Mutter nicht ablassen, und deshalb rief sie unentwegt nach meinem Vater, flehte ihn an, sie zu retten, sie zu erlösen. Vielleicht schlich er sich in alle Familien von gefallenen Kriegern ein und machte, mit der Unschuld seiner achtzehn Jahre, die Überlebenden so lange verrückt, bis eine Mutter oder ein Kind den Kampf aufgab und ihm verzieh und ihn von seinem Verbrechen lossprach. Aber wie soll ich das je erfahren, wo Großmutter doch tot ist und Maman alles vergessen hat? Wie soll ich das je erfahren, da sie doch nichts gesagt haben?

Selbstverständlich erzählt Tsurukawa Oshi nicht seinen eigenen Tod. Im Laufe der Tage beschreibt er mit Akribie in einem sehr kindlichen Stil die vier Monate Training seiner Kompanie, die ausschließlich aus Studenten der kaiserlichen Universitäten bestand. Vier Monate, um das Sterben zu lernen, anstatt Geograph, Physiker oder Philosoph zu werden, das Sterben zu lernen mit rückhaltloser Bereitschaft und scharfem Sinn für das Tragische. Danach führte er Buch über den Aufbruch seiner Kameraden zu dem Angriff, von dem sie nicht zurückkommen werden, ihrem einzigen, schildert er das eigene ungeduldige, bange Warten auf den großen Moment. Immer wieder, als wolle er sich selbst beruhigen, schreibt er das Szenario seines Opfergangs auf. Er hat seinem Kaiser nur einen Tod zu schenken. Den gilt es nicht zu vergeuden. Das Wetter wird über die anzuwendende Strategie ent-

- -

scheiden. Wenn der Himmel bedeckt ist, wird der Angriff im Sturzflug stattfinden: in fünftausend Meter Höhe über dem Geschwader wird er in Position gehen und von da aus schnurgerade auf sein Ziel herunterstürzen, wenn möglich auf den Schornstein des Schiffes, den wirkungsvollsten Einschlagpunkt. Wenn der Himmel klar ist, wird er, um dem Radar zu entgehen, sehr tief, dicht über den Wellen fliegen und im allerletzten Moment seinen Jäger hochziehen, um den Schiffsrumpf zu rammen. Das wichtigste ist, bis zum Schluß die Augen offenzuhalten, bis zum Zielobjekt, bis zur Explosion. Zu viele Flugzeuge wurden umsonst geopfert, weil die Piloten durch das Abwehrfeuer der Kanonen, durch das schwindelerregende Größerwerden ihres Ziels, durch das rasende Näherkommen des Aufpralls in Panik gerieten und zum Sterben die Augen schlossen: So wichen sie um einige Meter von ihrer Bahn ab und fielen unverrichteter Dinge ins Meer. Er verliert kein Wort

- -

über den Tod selbst, macht keinen Versuch, sich den Kummer seiner Eltern vorzustellen. Im Augenblick des Sturzflugs meldet der Kamikaze über Funk: »Ich gehe runter.« Danach bricht der Kontakt ab. Der Kamikaze ist verloren. Tot ist er sowieso, auch wenn er sein Ziel verfehlt, auch wenn er den amerikanischen Kanonen entwischt. Er hat nicht genügend Sprit, um zum Stützpunkt zurückzukehren.

Am anderen Ende der Welt, über dem Meer, das flach ist wie ein Brett, hat sich der Jäger auf den Weg gemacht. Ich liege in meinem Bett, in der Dunkelheit meines Zimmers, Rue de la Bienfaisance – wenn sie nach Hause kam, vergaß Maman manchmal, im Flur das Licht auszuschalten, dann stand ich erbost auf, um das bißchen Licht, das unter meiner Tür eindrang, zu tilgen –, und ich wartete auf ihn. Meine Großeltern sind ins Vergessen abgetaucht, diesseits und jenseits des kleinen Walls, der ihre Matratzen voneinander trennt;

- -

meine Mutter schläft ihren Rausch aus, und ich bin auf der Lauer nach einem Zeichen, einem leisen Erbeben der Stille. Ich weiß, daß er kommen wird. Ich fürchte mich, aber ich erwarte ihn. Ich krümme mich nicht zusammen. Die Gardinen zittern sacht. Mir ist, als schabte der Samt unhörbar über meine fröstelnde Haut. Das Geräusch sickert aus dem Stoff, schwillt langsam an, erreicht die Wände, setzt sich fest als dumpfes Grollen, das kreisend auf mir lastet. Ich rutsche tiefer in mein Bett hinein. Ich versuche, mich ganz und gar dem Geräusch hinzugeben. Mir ist heiß. Ich wage es nicht, die Decke zur Seite zu schieben. Abend für Abend kehrt er wieder. Ich gewöhne mich an ihn. Eines Nachts spreche ich ihn an; ich flüstere: »Siehst du mich? Siehst du, wie häßlich diese Wohnung ist? Was tust du hier?« Anfangs antwortet er nicht. Unerschütterlich dreht er seine Runden. Aber mit der Zeit nehme ich akustische

- -

Schattierungen wahr, scheint mir. Ich rede mir ein, daß eine Verstärkung des Geräusches »ja« bedeutet. Ich erzähle ihm von Maman. Weißt du, wo sie jetzt gerade ist, meine Mutter? Sie ist in einer Bar, und Männer tatschen mit ihren dicken Händen auf ihren Hintern. Sie wollen sie betrunken machen. Das Surren kommt näher. Es ist ganz dicht neben mir. Es berührt das Innere meiner Ohren. Ich halte es aus. »Geh nicht weg, Tsurukawa, tröste mich.«

Inzwischen kam er jede Nacht und setzte sich auf meinen Bettrand. Und ich schlief mit ihm ein.

Aber eines frühen Morgens stürzte meine Mutter auf der Treppe. Die Concierge fand sie wenig später, wie sie schnarchend auf den Stufen lag. Ihr Läuten weckte mich jäh, und ich stand blitzschnell auf. Während ich Maman ohne Erfolg schüttelte, hörte ich Tsurukawa kommen. »Bleib weg«, flüsterte ich ihm zu, »das ist nicht der richtige Augen-

- -

blick.« Um sie hochzuhieven, packte ich sie unter den Achseln. Es war mir fast gelungen, sie auf die Beine zu stellen. Ihr Kopf hing zur Seite. Ich nahm sie fest in meine Arme. Die Concierge quasselte. Der Jäger dröhnte. Ich spürte, wie der Schweiß mir über die Haut lief. Zunächst zuckten Sternchen vor meinen Augen. Dann drehten sich die Wände. Und plötzlich jaulte ein schriller, mit rasender Geschwindigkeit anschwellender Pfeifton von oben bis unten durch das Treppenhaus. Mir war, als würde mein Nachthemd in meinem Rücken der Länge nach zerrissen. Ich wurde ohnmächtig und riß meine Mutter mit in meinem Sturz. Sie richtete sich als erste wieder auf. Der Aufprall hatte sie geweckt. Die Concierge versicherte, daß ich zu schnell aufgestanden sei. Sie hatte offenbar nichts sonst gehört und begleitete uns bis in unsere Zimmer.

Er will mich umbringen. Er will mich durchbohren, dachte ich, während ich meinen schweiß-

- -

gebadeten Körper abtrocknete. Ich habe mich getäuscht. Ich habe keinen Freund. Ich werde nie einen Freund haben. Hoch in der Luft hat er Stellung bezogen, um mich zu erledigen, genau wie er meinen Vater erledigt hat. Ich bin allein bis ans Ende aller Zeiten. Wenn er wiederkommt, muß ich sterben.

Unfähig, mich länger in meinem Zimmer aufzuhalten, ging ich auf die Straße hinaus. Die Sonne prallte von den Scheiben der Autos zurück, und diese Autos kamen mir vor wie eine Armee von am Boden kriechenden, an einer roten Ampel zusammengekeilten Flugzeugen: ein unermeßlicher Vorrat an Blech, das bereitsteht, um zu zerschellen. Alle Geräusche erzählten mir vom Jäger. Alle Geräusche trugen das Jaulen des Jägers in sich. Wo konnte ich mich verstecken? Ich kehrte in mein Zimmer zurück, aus dem ich eine Stunde zuvor geflohen war. Ich sah, wie mein Körper zitterte. Ich

- -

kauerte mich auf dem Bettvorleger zusammen und rührte mich nicht mehr vom Fleck.
Großmutter wurde unruhig. Hatte sie eine Erblinie von Wahnsinnigen in die Welt gesetzt? Sie humpelte zu mir her, versuchte, mir etwas Nettes zu sagen; aber diese Worte klangen so unpassend aus ihrem Mund, daß mir das Zuhören unmöglich war. Eines schnappte ich dennoch auf, das weder mit Gefühlen noch mit dem lieben Gott zu tun hatte: Ohropax. Ich lief sofort in die Apotheke. Ach, welch eine Wonne, diese beiden ewig klaffenden Löcher zuzustopfen! Ich drückte und quetschte, ich duldete nicht die Spur eines Zwischenraums. Oh, diese Ruhe! Ich hörte, wie mein Herz mit schöner Regelmäßigkeit schlug. Ich war in mir selbst, ich war eine Kugel. Ich weinte.
Hätte es nicht die Pflicht gegeben, ins Gymnasium zu gehen, ich hätte mir von diesem Tag an die Ohren endgültig zugestopft.

- -

Anfangs trug ich meine Ohropaxkugeln ununterbrochen. Meinen Lehrern erzählte ich, daß mir meine Großmutter befohlen habe, mir Watte in die Ohren zu stecken. An der Art und Weise, wie man mich ansah, merkte ich wohl, daß man mich allmählich für verrückt hielt. Ich gab mir Mühe. Ich spielte mit meinen Wachskügelchen herum, bereit, sie beim geringsten Summen an mein Trommelfell zu quetschen. Sie beruhigten mich, halfen mir, einen *modus vivendi* zu finden; ihnen habe ich es zu verdanken, daß ich weiter die Schule besuchen konnte.

Eines Tages verließ uns meine Mutter. Das Unerwartete war bei uns eingetroffen in Gestalt eines sonnengebräunten reifen Mannes mit kräftiger Stimme und buschigen Au-

- -

genbrauen. Sechs Monate lang setzte er sich zweimal die Woche ins Wohnzimmer, um sich mit meinen Großeltern zu unterhalten; ein Gläschen Madeira, das nach Staub schmeckte, verweigerte er nicht. Manchmal war er noch da, wenn ich aus dem Unterricht kam. Eines Abends holte er meine Mutter aus ihrem Zimmer, setzte sie neben sich, forderte mich auf, Platz zu nehmen, räusperte sich und erklärte der versammelten Familie, daß er Maman heiraten werde, daß er sie in eine Villa an der Côte d'Azur mitnehmen werde, inmitten von Pinien, in denen die Zikaden zirpen. Er sagte, er wolle uns helfen, wolle die Familie unterstützen. Er sagte, er kenne ein gutes, komfortables Altenheim, wo meine Großeltern unter medizinischer Aufsicht leben könnten und aller Sorgen ledig wären. Er sagte, er wolle für mich alles tun, was ein Vater getan hätte. Er werde mir eine kleine Wohnung kaufen, wo ich bis zum Abitur und danach für die Dauer meines

Studiums wohnen könnte. Er sagte, ich sei eine gute Tochter gewesen, und nun sei es an der Zeit, daß ich an mich selbst dächte. Hin und wieder drehte er sich zu Maman hin und fügte hinzu: »Nicht wahr, Bénédicte?« Maman sagte zu allem ja. Sie hatte wieder sprechen gelernt, zumindest dieses eine Wort: ja. Wir, wir sagten nichts. Es gelang uns nicht, den Champagner hinunterzuschlucken, den er zu dieser Gelegenheit geöffnet hatte. Wenn er auf warme Dankesbekundungen wartete, so muß er enttäuscht gewesen sein. Wie dem auch sei, wir waren nicht gefragt worden, und wir hatten nichts zu sagen. Er nahm uns Maman weg. Das war der logische Abschluß von sechs Monaten konsequenter Belagerung, der gegenüber wir keinerlei Widerstand geleistet hatten. Von jenem Abend an, als er sie triefend naß nach Hause gebracht hatte, nachdem sie den ganzen Nachmittag zwischen der Place Saint-Augustin und der Place de la Concorde herumgeirrt war, hatte er sie uns jeden Tag ein wenig mehr weggenommen. Er hatte sie in elegante Kostüme gekleidet und ihr Stöckelschuhe gekauft. Anfangs hatte sie Mühe gehabt, darin zu gehen, sie hatte sich wie ein großes Kind verhalten, das eben zu lernen beginnt. Er hatte sie zu einem Friseur geführt, um ihr die Haare schneiden zu lassen. Er hatte sie zu einem Psychiater gebracht, der ihm von einem seiner Freunde empfohlen worden war. Denn dieser Mann hatte Freunde. Angeblich war der Psychiater an ihrem Fall sehr interessiert. Eindeutige, aber nur partielle Amnesie. Sie erinnerte sich an einen Namen, an ein Gesicht, an nichts anderes, was ihr Leben in Amerika ausgemacht hatte. Ich hätte gerne gefragt, ob sie sich erinnerte, daß ich ihre Tochter war, aber ich habe mich nicht getraut. Auch meine Großeltern trauten sich nicht, etwas zu sagen. Sie wurden immer kleiner, schrumpften in einer Ecke ihrer Wohnung zusammen, in die der Fremde

- -

mit Macht eingedrungen war. Nie habe ich sie so elend gesehen, nicht einmal, als Maman jede Nacht ausriß. Es war klar, daß sie in einem Altenheim gut aufgehoben sein würden. Kaum hatte der Fremde jedoch die Tür hinter sich zugezogen, seinen angebrochenen Champagner zurücklassend, da kam es bei Großmutter zu einer Aufwallung von Protest. Sie reckte ihren Stock in die Luft, und mit bösem Blick – das Gesicht war plötzlich hochrot, die Züge hart – schrie sie, daß man kein Recht habe, einer Mutter die Tochter wegzunehmen, daß sie nie und nimmer ihre Wohnung verlassen werde und daß ein Mann, der einer Frau die Haare abschneidet, kein Vertrauen verdiene. Eine Schmerzensgrimasse verzerrte ihr den Mund, sie griff sich ans Herz, und der Stock rollte über den Fußboden. Angesichts dieses lächerlichen Schwerts mußte ich an Don Diegos Monolog aus *Der Cid* denken: »Mein Arm, den voll Respekt ganz Spanien noch bewundert …«

- -

Und Maman ging. Sie hatte gewonnen. Sie hatte auf der ganzen Linie gewonnen. Als sie auszog, standen wir dabei und sahen zu. Ein grauer Peugeot 403 parkte unten vor der Toreinfahrt, voll beladen mit all den Dingen, die der Fremde ihr gekauft hatte. Sie machte keinen letzten Rundgang durch die Wohnung, sie stieg, ohne auch nur einmal zurückzublicken, die Treppe hinunter. Auch Großmutter ging hinunter; sie hielt sich krampfhaft an mir fest. Es war ein endloser Abstieg mit einer Pause auf jeder Stufe. Und dann standen wir alle im kühlen Junimorgen auf dem Trottoir. Ich war mir nicht sicher, ob sie uns umarmen würde, aber er traf für sie die Entscheidung. »Umarme deine Familie, Bénédicte.« Sie neigte sich zu Großmutter hinunter. Früher waren die beiden fast gleich groß gewesen. Fügsam küßte sie uns auf die Wangen. Ihr Hut war dabei ein Hindernis. Es kam ihr aber nicht in den Sinn, ihn abzusetzen. Kein einziges Wort wurde ge-

- -

wechselt. Er nahm sie beim Arm, installierte sie wie eine Königin im Auto, ganz der Märchenprinz, von dem ich als kleines Mädchen geträumt und den ich prompt nicht erkannt hatte, obwohl er sich soviel Mühe gab, ihm ähnlich zu sehen. Beweis für seine Aufregung war jedoch, daß er zum x-tenmal wiederholte, er werde in etwa zehn Tagen wiederkommen und meine Großeltern nach L'Haÿ-les-Roses bringen, wo in einem Luxusaltenheim ein Zimmer auf sie warte. Der Wagen fuhr sanft an und bog in den Boulevard Malesherbes ein, Richtung Côte d'Azur. Ich erinnerte mich an unseren großen Citroën 15 (wir fuhren den Boulevard Malesherbes in die andere Richtung), an den Picknickkorb auf meinem Schoß, an Großvaters Nervosität, und dann sah ich uns drei an, wie wir beschämt dastanden, zerrupft, Standbilder der Hilflosigkeit, unfähig, uns zu entschließen, in die Einsamkeit dessen zurückzukehren, was noch für kurze Zeit unser Zuhause sein sollte. In seinen zu groß gewordenen Filzpantoffeln – deshalb ging er mit kleinen Schlurfschritten – setzte sich Großvater als erster in Bewegung. »Komm jetzt«, sagte er zu seiner Frau. Und es war, als ob er zum erstenmal die Führung seines Hauses übernommen hätte, als ob er zum erstenmal seine Rolle als Mann spielen würde. Wir nahmen Großmutter in die Mitte und führten die verhöhnte Mutter, die entthronte Kaiserin, in ihr Heim zurück. Großvater setzte sie in ihren Sessel, brachte ihr liebevoll ihren Schal. Es sah aus, als würden sie sich jetzt endlich lieben, im ganzen Elend ihrer alten Gerippe, in der Erwartung des Todes. Es widerte mich ein wenig an, und ich wandte mich ab. Bevor ich das Haus verließ, ging ich in Mamans Zimmer. Auf dem Tisch hatte sie die flachen Schuhe und Großmutters alte Kleider zurückgelassen: ihre Alptraum-Haut, ihre Schmerzens-Haut. Die Nacht-

- -

tischschublade war leer. Die Photos von Papa hatte sie mitgenommen.

Die Wohnung wurde zum Verkauf freigegeben. Ein Immobilienmakler, dem mein Stiefvater die Schlüssel gegeben hatte, brachte regelmäßig Kaufinteressenten zur Besichtigung her. Manchmal mußte auch ich die Vorzüge der Wohnung preisen. Abends sortierte ich die Sachen. Diejenigen, die meine Großeltern nach L'Haÿ-les-Roses mitnehmen, und die, die mit mir zum Quai de Jemmapes umziehen sollten. Die kleine Zweizimmerwohnung hatte ich mit ihm besichtigt. Sie war weiß und hell, und ich war begeistert gewesen. Ich hatte ja gesagt, wie Maman. Der Schrank im Wohnzimmer stand offen. Von ihrem Sessel aus deutete Großmutter auf ein paar Tischdecken. »Nimm sie«, sagte sie, »und vergiß nicht das Service aus Rouen-Fayence im Buffet.« Zwei Stapel Teller, die nach und nach für mich erstanden worden waren. In

- -

diesem Augenblick, vor diesen bunten Spuren einer Vergangenheit, die mich erstickte, vor diesem zwölfmal in zwölf Jahren wiederholten Beweis der Zukunftspläne, die Großmutter für mich gehegt hatte, kamen mir grundlos die Tränen.

Sie war so hell, meine neue Behausung, mit ihren jungfräulichen Wänden, dem beigen Teppichboden, dem Tisch aus Kiefernholz, dem neuen Küchenherd. Und mein Leben so leer, jetzt, da die drei anderen mich verlassen hatten. Bis zum Beginn des Studienjahres hatte ich nichts zu tun. Ich hatte beschlossen, Mathematik zu studieren, weil mir nichts Besseres eingefallen war und weil der Jäger mich nicht am Zählen hinderte. Im ebenfalls strahlend weißen Badezimmer hatte ich ganze Reihen von Ohropax-Schachteln gestapelt.

- -

Und da ich allein war, versagte ich es mir nicht, die Kugeln auch zu benutzen. Dem Taubsein stand nichts mehr im Wege.

Schon in der Rue de la Bienfaisance hatte ich seit dem Anfall auf der Treppe nie mehr mit leeren Ohren geschlafen. Aber tagsüber war ich wohl oder übel gezwungen zu hören. Prompt war der Jäger wiederaufgetaucht, hatte er seine Sturzangriffe geflogen. Ich wurde nicht mehr ohnmächtig. Ich blieb wie gelähmt zurück, darauf gefaßt zu sterben, und ich starb nie. Was mich jedesmal genausosehr erschreckte wie sein Kommen, war die Tatsache, daß ich denjenigen, die mich sahen – einmal war es sogar mein Stiefvater –, etwas offenbaren mußte, was ich nicht mehr verheimlichen konnte, was ich mir ins Gesicht steigen spürte und was niemand hätte sehen sollen. Hier hatte ich wenigstens meine Ruhe, es gab keine Zuschauer und keine Notwendigkeit, zu hören. Als ich von der Universität

- -

meine Unterlagen bekam, in denen bereits meine Immatrikulationsnummer aufgeführt war, erschrak ich. Mir wurde urplötzlich klar, daß, wenn ich mich nicht auf der Stelle zusammenriß, sich nie wieder etwas ändern und ich in einer ganz weißen Wohnung sterben würde. Ich würde einer Menge fremder Gesichter entgegentreten müssen, Menschen, die nichts von mir wußten. War das nicht die Möglichkeit, ganz neu anzufangen? Das Wort »Studentin«, das irgendwie kraftvoll klang, erstrahlte in meiner Verwirrung wie ein rettendes Licht am Horizont. Ja doch, ich wollte eine ganz normale Studentin sein, verloren in der Masse junger Leute, die ihre Ringbücher mit den Vorlesungsnotizen herumschleppten oder in den verrauchten Kneipen saßen. Während ich die Formulare ausfüllte, beschloß ich, mit all meiner Kraft in den Kampf zu gehen. Ich nahm mir das Ohropax aus den Ohren, warf es in den Müll, öffnete die Fen-

- -

ster. Das schläfrige Raunen der augustschwülen Stadt schlug mir entgegen. Und ohne irgendeine Anweisung von seiten meiner Großmutter murmelten meine Lippen ihr ein Gebet.

Zunächst ließ ich mir eine List einfallen. Ich schrieb meinem Stiefvater, daß die Wohnung so hellhörig und die Nachbarn so laut seien, daß ich nicht schlafen könne. Er bestellte eine Firma, die eine schalldämpfende Decke einzog. Diese Umbaumaßnahmen hielten mich beschäftigt, und ich hatte das Glück, es mit besonders sympathischen Handwerkern zu tun zu haben. Sie machten unentwegt Witze, die zwar nicht sehr geistreich waren, über die ich aber viel lachen mußte. Ich kaufte Bier für sie. Wir stießen an. »Sie wird Ruhe haben und arbeiten können mit ihrer schalldämpfenden Dekke«, sagten sie. »Oben können die die tollsten Feste feiern, sie wird nix hören.« Tolle Feste feiern? Mein Gott, ob auch ich wohl eines Tages tolle Fe-

- -

ste feiern würde? Sie blieben nur drei Tage, aber ihr freundliches, fröhliches Wesen tat mir wohl. Ich konnte mich nicht erinnern, daß ein Erwachsener je lachend oder auch nur ungezwungen zu mir gesprochen hätte.

Um besser zu kämpfen, beschloß ich auch, das Auftreten des Jägers selbst hervorzurufen. Ich wollte trainieren, im Feuer seiner Angriffe ein unerschütterliches Gesicht zu bewahren, damit kein Kommilitone jemals mein Geheimnis argwöhnen würde. Im sommerlichen Licht setzte ich mich an meinen Tisch und wartete auf ihn. Ich rührte mich nicht. Ich wußte, daß er da war, ein wenig Geduld würde genügen. Meinen Vorsatz wiederholte ich mir ständig: Ich werde ihm einfach ins Gesicht lachen, wenn er sich auf mich stürzt, ich werde unentwegt an eine Fabriksirene denken. Aber ich konnte meine Ohren noch so sehr spitzen, ich vernahm nie etwas anderes als das übliche Dauersurren, womit

- -

er seine Existenz signalisierte: entweder konnte er die Doppeldecke nicht durchdringen, oder aber er bestand darauf, sich nur unverhofft zu melden. Immerhin fiel mir ein, daß ihn womöglich mein Lauern in Schach gehalten hatte. Diese Entdeckung machte mir Mut, und ich wartete in Ruhe und Entschlossenheit auf den Beginn des Studiums: doch, ich würde eine ganz normale Studentin werden.

Als ich mich das erstemal in einen großen Hörsaal setzte, war ich verblüfft. Ich drehte mich nach allen Richtungen um und stellte fest, daß ich umgeben war von Jungen. Hie und da tauchte, völlig unpassend, ein vereinzelter Mädchenkopf auf. Damals waren die Gymnasien nur in seltenen Fällen gemischt. Meine Schule jedenfalls war es nicht gewesen. Die einzigen Männer, die ich einigermaßen aus der Nähe gesehen hatte, waren mein Großvater, ein paar Priester und mein Stiefvater. Ich war absolut jungfräulich. Nun wurde ich nicht müde, sie zu betrachten. Sie gefielen mir auf Anhieb. Alle. Das männliche Geschlecht gefiel mir. Die etwas linkische Art, die dickere Haut, der Schweißgeruch, die abgebissenen Fingernägel und die – trotz dieser etwas schmuddeligen Körperlichkeit – unbestrittene Fremdartigkeit machten mir sofort Lust, auf sie zuzugehen. Während sich die anderen Mädchen zusammenscharten, setzte ich mich schüchtern mitten unter die jungen Männer.

Obwohl ich nicht sehr gesprächig bin, wurde ich bald zu einer gefragten Kommilitonin, einerseits weil ich in Mathematik begabt war, andererseits weil ich als einzige über eine eigene Wohnung verfügte. Ich öffnete jedem die Tür, und das sprach sich schnell herum. Wir waren häufig ein Dutzend

- -

Leute zum Abendessen, jeder brachte etwas mit. Sie verhielten sich genau so, wie ich es gehofft hatte: Sie rauchten, plauderten, machten Spaß. Ich konnte mich an ihnen kaum satt sehen. Die Hoffnung schnürte mir die Kehle zu, die Hoffnung, eine der Ihren zu sein, vermischt mit ihnen, verloren unter ihnen, die Hoffnung, mitgerissen zu werden von ihrem fröhlichen Übermut. Natürlich war das unmöglich. Tsurukawa hatte nicht die Absicht, mich preiszugeben. Ich hörte, wie er über unseren Köpfen seine Kreise zog, leise und regelmäßig. Ich lächelte. Niemand merkte etwas. In meiner Tasche umfing meine Hand krampfhaft das Schächtelchen Ohropax. Ich stellte mich an den Herd. Ich spülte Gläser. Ich würde noch immer die Möglichkeit haben, mich in mein Schlafzimmer zu retten, falls er einen Angriff starten sollte. Ich sah heimlich auf meine Uhr, hin- und hergerissen zwischen dem Wunsch, alle aufbrechen zu sehen, und der Hoff-

- -

nung, ein, zwei Kameraden möchten zurückbleiben und bei mir übernachten, weil keine Metro mehr fuhr. Nicht, weil ich mit ihnen schlafen wollte. Auf eine solche Idee wäre ich gar nicht gekommen. Aber das Gefühl, daß sie auf den Kissen des Sofas schliefen, während ich in meinem Bett den Augenblick hinauszögerte, wo ich mir die Ohren zustopfen würde, beruhigte mich. Mir war, als müßte Tsurukawa dort in seinem Militärlager schlafen, da sie hier doch auch schliefen. Ich stellte mir die Reihe Feldbetten und alle reglosen Körper vor. Auch ich lag. Auch die Flugzeuge dösten in ihren Hangars. Mit dem leichten Schlaf der Jungen kam eine Art Waffenruhe über die Welt. Und ich hatte recht, denn in solchen Nächten startete der Jäger nie.

Während ich neben den Studenten saß und einer Vorlesung lauschte oder für sie eine knifflige Beweisführung nachvollzog, spürte ich die ersten Anflüge des Begehrens. Ich ahnte, daß ich gerne in die Arme genommen worden wäre. Ich wußte nicht, wie man um etwas bittet. Ich wartete darauf, daß sie es taten. Ich dachte mir Tricks aus, um sie zu ermuntern: mir war schwindlig, oder plötzlich wurde mir kalt. Einer unter ihnen reagierte darauf. Er wohnte in meiner Nähe, und wir machten uns oft gemeinsam auf den Heimweg. Unsere Wege trennten sich Rue du Faubourg du Temple. An jenem Abend, inmitten der Menge, die geschäftig auf dem Trottoir dahineilte, nahm er mich plötzlich in die Arme, anstatt sich mit dem üblichen »Salut« zu verabschieden. Trotz der Aktentaschen, die uns behinderten, waren wir fest aneinandergeschmiegt. Ein paar Sekunden blieben wir so stehen, ohne uns zu rühren. Er preßte mich heftig an sich, und es war wie eine Befreiung. Mein Instinkt hatte mich nicht betrogen. Leider wollte mich der junge Mann küssen. Ich geriet in Panik, wehrte

- -

mich. Er stand betreten da und ließ mich ziehen, wobei er ein paar Worte der Entschuldigung murmelte. Daß man sich in die Arme eines Jungen schmiegen konnte, war mir vorstellbar gewesen, aber weiter hatte meine Phantasie nie gereicht. Ich wußte rein gar nichts von der Sexualität, höchstens die Definition aus dem Lexikon. Zwar hatte ich gesehen, wie meine Mutter Männer küßte. Aber das hatte mir mehr zur Abschreckung gereicht. Bis ich Bruno kennenlernte, küßte mich also niemand. Die Männer durften mich in die Arme nehmen. Aber mich innen berühren, das war eine andere Sache.

Heute weiß ich, daß man miteinander schlafen kann, ohne sich je richtig in die Arme zu schließen.

Es gab einen objektiven Grund für meine Angst davor, geküßt zu werden. Meine Zähne. Wegen meines Ohrensausens war ich nicht in der Lage,

- -

zum Zahnarzt zu gehen. Mich mit dem Gesicht nach oben hinsetzen, von Kopf bis Fuß ausgeliefert, gezwungen, den Mund zu öffnen und offenzuhalten, das Ganze auf einem Sessel, der nicht einmal auf dem Boden steht und im Raum zu schweben scheint, hinnehmen, daß mir ein Fremder seine Hände in den Mund steckt, das Sirren eines Bohrers ertragen, eine Art drittes Ohr ganz hinten im Rachen spüren, das die Vibrationen bis unter die Schädeldecke weitergibt, sich nicht rühren können, weil man sonst verletzt wird, all das war für mich eine nicht zu bewältigende Prüfung. Ich begnügte mich mit Aspirin und Antibiotika. Ich sprach mit zusammengekniffenen Lippen und hielt automatisch eine Hand vor den Mund. Ich habe, glaube ich, ein ganz hübsches Gesicht mit hellgrauen Augen wie Maman, lange Wimpern, wohlgezeichnete, volle – fast zu volle – Lippen. Aber sobald ich den Mund öffne, wird eine Reihe von

- -

gelblichen, unregelmäßigen Zähnen sichtbar. Großmutter hatte sich sehr um meine Haare gekümmert, sah aber nicht, daß meine Zähne übereinanderwuchsen. Als Bruno mich zum erstenmal küßte, habe ich geweint. Ich habe immer geglaubt, daß ich auf die Männer abstoßend wirke mit meinem Mund, mit allem, was in mir verborgen ist.

Es war unsere dritte oder vierte Fete des Jahres. Ich weiß nicht mehr, wie der Gastgeber hieß, aber ich erinnere mich, daß er in einer großen Wohnung in der Rue des Petits Champs wohnte, mit einem Balkon, der die ganze Fassade entlangführte. Ich erinnere mich auch, daß die Fenster offen waren und man im Park der Tuilerien das Riesenrad sich in einem Meer von bunten Lichtern drehen sah. Es war Juni, und wir feierten das Ende der Prüfungen. Es waren viele Leute da, die ich nicht kannte. Ich tanzte nicht ungern mit den Unbekannten. Tanzen war mir lieber als Reden. Ich, die ich so große Schwierigkeiten hatte, eine Unterhaltung zu führen, die völlig aus dem Häuschen geriet, sobald man mir eine persönliche Frage stellte (ich war zwar älter geworden, aber denken konnte ich noch immer nicht), ich legte keinerlei Scheu an den Tag, keinerlei Zurückhaltung bei meiner Art zu tanzen. In Wirklichkeit wollte ich jemandem in die Arme fallen, irgend jemandem. An jenem Abend aber wußte ich, daß Gefahr in der Luft lag: die Gefahr des verweigerten Kusses in der Rue du Faubourg due Temple. Sicherlich wartete jeder der anwesenden jungen Männer darauf, daß ich den Mund aufmache, und die Angst machte meine Freude zunichte. Habe ich deshalb zuviel von der Sangria getrunken, die auf dem Buffet thronte? Wenn das der Fall war, trat die erhoffte Wirkung jedoch nicht ein, ich öff-

- -

nete den Mund nicht. Aber von der vom Alkohol vermittelten falschen Selbstsicherheit betrogen, hatte ich plötzlich die verrückte Anwandlung, Tsurukawa zu rufen, mit ihm zu sprechen, obgleich ich seit Beginn des Jahres alles getan hatte, um ihn von mir fernzuhalten. Tsurukawa tanzt nicht wie wir. Er begibt sich im Laufschritt vom Schlafsaal zu seinem Akatombo, dem gelben Flugzeug, mit dem er das Fliegen lernt. Tokyo stirbt unter den Bomben der Fliegenden Festungen. Und wenn man uns alle, die wir hier trinken und tanzen, im Namen unseres Landes morgen bitten würde, in ein Ausbildungslager zu gehen – würden wir das tun? Dieser Junge, der mich in seinen Armen hält und eher verlegen wirkt, würde er ein Gewehr, eine Granate, einen Flammenwerfer ungezwungener halten? Warum waren es andere und nicht wir, die die Bomben erlebten, denen die Pflicht auferlegt wurde, in den Krieg zu gehen? Im Nebenraum diskutierte eine kleine Gruppe über

- -

Marxismus und Entkolonialisierung. Niemand von den Anwesenden hier war nach Algerien eingezogen worden. Wegen des Studiums konnte man sich zurückstellen lassen. Auf dem Buchumschlag war ein Photo von Tsurukawa. Er steht in einer Gruppe von acht Piloten und ist der dritte von links in der ersten Reihe. Er trägt eine schwarze Tunika, deren Knöpfe mit Kirschblüten verziert sind. Sein Stirnband ist in der Mitte mit einem roten Kreis versehen, der aufgehenden Sonne: der Finger des Todes hat seine Spur hinterlassen. Während ich tanzte, stellte ich mir zwischen zwei Schritten vor, wie er unter uns umhergeht und uns mit seinen ausdruckslosen Augen ansieht, das Gesicht undurchdringlich und ruhig, während uns der Schweiß auf der Stirn steht. Es heißt, daß diejenigen, die den Tod sich nähern spüren, vor Angst schwitzen. Tsurukawas Haut ist trocken. Plötzlich schaltete jemand alle Lichter aus und legte *Only you* auf. Verdunkelung! Flucht

- -

unmöglich! Nur der Lichtkreis des Riesenrads warf einen schwachen Schimmer auf die Wohnung, wie von einem weit entfernten Großbrand. Mein Tänzer rückte näher an mich heran, und ich begann zu ersticken. Der Kuß stand unmittelbar bevor. Über seine Schulter hinweg suchte ich Tsurukawa. Vielleicht würden die goldenen Knöpfe seiner Tunika im Dunkeln leuchten. Ich sah nichts. In diesem Augenblick überkam mich die Gewißheit, daß er das Licht selbst ausgemacht hatte, um mich besser zu überraschen. Diesmal würde er mich umbringen, diesmal würde ich sterben. Mein Herz begann wild in meiner Brust zu schlagen. Ich wollte schreien, man möge Licht machen, aber der Hals war bereits zugeschnürt, die Augen starr, allein meine Ohren begannen gierig den Raum zu erforschen. Ich konnte nicht mehr tanzen. Mein Partner schob einen Besenstiel vor sich her. Unter meinen Füßen spürte ich das Vibrieren des Motors. Vorhin war mir das Ge-

- -

räusch des Jägers Zero kurzfristig durch den Kopf gegangen, aber als ich aufmerksamer lauschte, hatte ich bemerkt, daß das rhythmische Getrappel der Tänzer mich irreleiten wollte. Von welcher Seite her mußte ich mich auf ihn gefaßt machen? Kolonien von Ameisen kribbelten mir die Beine, die Arme hinauf. Bevor sie mich lähmten, mußte ich zur Toilette gelangen und mir mein Ohropax in die Ohren stopfen. Ich schob die aneinanderhaftenden Leiber beiseite, suchte meine Tasche unter dem Mäntelhaufen in der Eingangsdiele. Jetzt hörte ich das Flugzeug ganz genau. Die Stimme des Sängers wollte zwar ein unbekümmertes Vögelchen daraus machen, das in den Himmelsströmungen umherflatterte, aber ich wußte sehr wohl, daß es den Tod ankündigte. Endlich befreite ich meine Tasche, aber die Toilette war besetzt. Ich mußte im Flur warten. Fieberhaft wühlte ich in meiner Tasche. Da war sie, die kleine gelbe Blechschachtel. Meine Hände zitter-

- -

ten. Ich öffnete sie. Sie war leer. Ich hatte vergessen, für Nachschub zu sorgen. Die Kanonen des Gegenangriffs traten in Aktion. Eine Reihe von Detonationen explodierten in meinen Beinen, dumpfe, sich wiederholende Schläge. Ich fand die Kraft, den Flur zu verlassen. Ich kehrte zu den Tänzern zurück, die sich noch immer durch die Dunkelheit schoben. Die Granaten fielen zischend ins Meer, und ich hörte das Wasser um mich herum aufspritzen, eine Mauer von Wasser, die sich aufbäumt und dem Kamikaze die Sicht nimmt, bevor sie klatschend in sich zusammenfällt. Daraus entsteht eine Art Nebel im Kopf, ein gewaltiges Hintergrundgeräusch. Die Stimme des Sängers war wie weggefegt, und manchmal wieder freigelegt, wie emporgeholt aus der Tiefe. Die Tänzer schwankten über das Deck. Ich erstickte. Ich schleppte mich auf den Balkon. Das hätte ich nicht tun sollen. Denn aus dieser Richtung kam er, unter dem Rumpf die Bomben. Das überschrille Pfeifen.

Er wird größer. Er wird gleich auf mich niederdonnern. Ich höre die Musik nicht mehr. Es jault. Es brüllt. Es durchdringt mich, es dreht mir den Magen um. Mein Gesicht verzieht sich, ich spüre es. Es verzerrt sich um meine Augen herum, die starr sind wie Bolzen. Alle werden sie mein Inneres sehen. Alle werden sie sehen, daß ich mich in ein Ungeheuer verwandle. Ich leiste Widerstand. Ich halte mich krampfhaft an der Brüstung fest. Ich bleibe stehen. Ich schreie nicht. Ich höre wie von weit her die Stimme meines Tänzers: »Kommst du tanzen, Laura?« Ich atme tief ein. Drehe mich um. Zeige ihm mein Gesicht. »Das Riesenrad …«, stammelt er, »du bist ganz rot.« Und er weicht zurück, entschuldigt sich. Ich lege mir die Hände auf die Wangen, nicht um mich zu verbergen, nein, damit das Leben in die Haut zurückkehrt, damit ich wieder tasten, fühlen kann. Ich wische mir Schweißtropfen aus den Augenbrauen. Ich warte, bis meine Lippen wieder ge-

- -

schmeidig werden. Ich habe gewonnen. Ich nehme meine Kraft zusammen. Ich werde stark. Ich werde ein Glas Sangria trinken und mit irgend jemandem tanzen, egal mit wem. Tanzend schreie ich laut meine Freude heraus. Bald werde ich Tsurukawa den Fuß auf den Nacken setzen.

Bruno kam irgendwann mit den anderen zum Abendessen zu mir, Quai de Jemmapes. Sein Studium an der Musikhochschule, in der Kompositionsklasse, war fast abgeschlossen. Ich weiß nicht mehr, wie und warum er in unsere Gruppe aufgenommen wurde, ich weiß nur, daß er häufig wiederkam. Er schwieg fast genausoviel wie ich, manchmal aber ließ er sich zu heftigen Schmähreden gegen die Versteinerung im Mathematischen hinreißen. Als Gegenbeispiel zitierte er Luigi Nono.

- -

Wir wußten nicht, wer Nono war. Ich hörte ihm gerne zu. Sein hektischer, unkontrollierter Redefluß verlieh seinem Gesicht einen leicht schmerzlichen Ausdruck. Man hätte meinen können, daß ihm die Wörter die Lippen aufrissen. Am liebsten hätte ich diese Worte gestreichelt, sie mit meinen Händen glattgestrichen, damit sie nicht mehr verletzen. Wenn er zum Ende gekommen war, fand er sehr schnell zu seinem freundlichen Gesichtsausdruck zurück und zu seinem überaus aufmerksamen Blick auf uns, auf mich vor allem, wie mir schien – worüber ich innerlich erschauerte. Eines Abends blieb er als letzter da. Ich machte nicht einmal den Versuch, mich gelassen zu geben und das Geschirr aufzuräumen. Mein Herz schlug zu schnell, ich zitterte zu sehr. Ich blieb auf dem Sofa sitzen, unfähig, einen Laut von mir zu geben. Ich versuchte lediglich, ihn mutig anzulächeln. Auch er redete nicht. Seine Finger berührten meine Haare, glitten über mein

Gesicht. Ich hatte nur für diesen einen Augenblick, diese eine Geste gelebt. Mein ganzes Leben schrumpfte in seiner Hand zusammen. Als er mich küssen wollte, schloß ich unwillkürlich den Mund. Aber er ließ sich von meinen Tränen nicht aufhalten. Er kannte mich schon ganz genau. Er hielt nicht inne, ehe ich mit Tränen, Schweiß, Blut und Freude überströmt war. Im Morgengrauen ging er, wortlos. Ich rührte mich den ganzen Tag nicht vom Fleck. Ich wartete darauf, daß er wiederkam. Und er kam noch am gleichen Abend wieder.

Als erstes warfen wir alle Freunde hinaus, die bei mir ein- und ausgingen. Mit seinem großen Revox-Tonbandgerät trat er in mein Leben, und von da an hausten wir so gut wie eingesperrt. Zwischen Liebe und Arbeit wahrten wir eiserne Disziplin.

Am liebsten hätte ich vierundzwanzig Stunden lang an ihm geklebt. Am liebsten hätte ich mich nie mehr in aufrechte Position begeben. Ich entleerte mich meines Ichs. Ich wurde derart hohl, daß ich bei der geringsten Berührung von Kopf bis Fuß zitterte. Ich wußte nicht einmal mehr, was er von mir berührte, wo mein Kopf war, wo meine Beine. Manchmal überkam mich das Bild meiner Zähne im Augenblick größter Hingabe. Dann öffnete ich mich noch mehr, noch weiter, in der Überzeugung, daß es Bruno gelingen würde, den Rest von in mir einzementierter Fäulnis aus mir herauszureißen.

Er war es, der darauf bestand, daß wir arbeiten. Er wollte unbedingt mit Auszeichnung von der Musikhochschule abgehen und mühte sich ab mit der Komposition eines klassischen Quartetts, obwohl sein ganzes Interesse der elektronischen Musik galt. Er ließ mich regelmäßig allein zurück, um in den Rundfunk zu gehen. Er war zwar nicht Mitglied der berühmten »Gruppe für experimentelle Musik«, war aber zu ihren Proben zugelassen. Ich

- -

nutzte die Zeit, um meine Mathematikarbeiten hinzuschludern, was er mir zum Vorwurf machte: »Aus dir muß eine große Mathematikerin werden«, sagte er. Er hegte für mich den Ehrgeiz, der mir fehlte.

Bruno kümmerte sich um meine musikalische Grundbildung. Ich kannte nur Chopin, weil Nathalie Chopin liebte. Jetzt stopfte ich mich voll mit Sonaten, Liedern, Solokonzerten, Opern. Von Beginn an mochte ich Schubert und wurde nicht müde ihn zu hören. Bruno lachte und stellte fest, ich hätte einen bürgerlichen Geschmack. Als ich ihn fragte, warum, wurde er tief ernst und erklärte, ich sei gefangen in einer kulturellen Anpassung an die klassische Harmonik. Die Selbstverständlichkeit, mit der man für das romantische Gefühl und seine Klangschmeicheleien empfänglich sei, habe etwas Obszönes – und das gleiche gelte für ein Leben ohne jegliches politisches Bewußtsein, was für

- -

mich absolut zutraf. Er versuchte, mir den experimentellen Weg der zeitgenössischen Musik zu erläutern, das dynamische Kontinuum von Klang und Stille, die akustischen Mikrostrukturen. Während ich ihm zuhörte, sah ich, wie jener schmerzliche Ausdruck, der mir so aufgefallen war, wieder auf sein Gesicht trat, und ich war verzweifelt darüber, daß ich seine Arbeit weder verstehen noch genießen konnte. Inzwischen wußte ich, wer Luigi Nono war: sein Gott, sein absoluter Meister, der Quellbezirk seines Schaffens, in den ich nicht einzudringen vermochte. Ich litt an meinem Unvermögen, aber weil er ein Geheimnis hatte, das mir verschlossen blieb, liebte ich ihn nur noch mehr. Manchmal betrachtete ich ihn, wie er über seinen Partituren saß. Seine Konzentrationsfähigkeit faszinierte mich. Ich hielt an mich, um ihn nicht zu stören. Ich brauchte ihn nur anzuschauen, und das Begehren stieg in mir auf.

- -

Von nun an mochte ich meinen Körper. Ich kaufte enganliegende T-Shirts, um meine eigentlich zu schweren Brüste zu betonen. Ich enthaarte Achseln und Beine, schminkte mich, färbte mir die Haare mit Henna. Ich betrachtete mich im Spiegel und war stolz auf meine Schönheit. Sonntags fuhr ich nach L'Haÿ-les-Roses und besuchte meine Großeltern. Ihre Häßlichkeit erschütterte mich. Der Tod trat näher an sie heran, aber ich wollte ihn nicht sehen. Ich hatte gerade die Lust entdeckt, und diese Offenbarung tauchte den Rest der Welt in Nicht-Sein.

Wir verbrachten fast zwei Jahre in diesem leidenschaftlichen Fieber. Bruno hatte seine Abschlußprüfung glanzvoll bestanden und ich mein Staatsexamen mit Auszeichnung

- -

geschafft. Mittlerweile saß ich an einer Magisterarbeit über Pythagoras. Er unterrichtete an einer Pariser Musikschule. Daß er bei der »Gruppe für experimentelle Musik« nur den Status eines Zuhörers hatte, machte ihm großen Kummer. Man bat ihn um ein Werk, er wollte nur Fragmente liefern. Nono, das war klar, schätzte diese ideologische Einstellung. Vielleicht fand man ihn auch zu jung. Stoisch erduldete er sein Fegefeuer. Häufig lief das Revox bis in die frühen Morgenstunden; wir hörten Jazz und tranken den Wein, den er mochte: Sancerre. Wir konnten die Lautstärke hochdrehen, es gab ja eine schalldämpfende Decke. Ich schwebte im Raum. Mir war, als käme die Musik aus mir heraus. Doch wenn wir uns liebten, herrschten Stille und Gewalt. Eines Tages bekam er einen Brief von Nono, der ihn aufforderte, nach Mailand zu kommen und drei Monate mit ihm im elektronischen Studio zusammen zu arbeiten. Nichts wünschte er sich sehn-

- -

licher. Angesichts meiner Bestürzung versuchte er, seine Freude nicht zu deutlich zu zeigen. Wir liebten uns noch heftiger, er in einem Glückstaumel, ich in Verzweiflung.

Wir waren schon damit befaßt, seine Abreise vorzubereiten, als die Einberufung zum Militärdienst kam. Die Zurückstellung war abgelaufen. Das hatte er völlig vergessen. Er war enttäuscht, niedergeschlagen. Auch wenn ich mir sagte, daß er nun genauso wegging, sogar länger, war ich doch erleichtert. Die Grundausbildung machte er in der Nähe von Maison-Laffitte. Sein langes lockiges Haar wurde ihm abrasiert. Danach wirkte er wie nackt und unerwartet zerbrechlich. Betrübt streichelte ich immer wieder über seinen neuen Kopf. Ich hatte Angst, er würde frieren. Zum Glück durfte er fast jeden Abend nach Hause. Dann aber wurde er nach Chateaulin in die Bretagne geschickt, wo ein Infanterieregiment stationiert war, und er mußte

- -

eineinhalb Monate warten, bis er den ersten Urlaub bekam. Ich blieb also allein. Eineinhalb Monate lang wartete ich auf nichts anderes als auf den Augenblick des Wiedersehens. Ich schaltete das Revox an, ich sah ihn davor sitzen, wie er zuhörte, den Kopf auf eine Hand gestützt. Ich kaufte Sancerre und trank davon im Bett. Ich goß mir ein paar Tropfen über die Brüste. Die Flüssigkeit lief mir auf den Bauch. Bruno pflegte mich in dieser Weise zu taufen und dann abzulecken. Ich vertiefte mich in meine Magisterarbeit über Pythagoras, nur weil ich wußte, daß ich ihm damit Freude machte. Anfang Juni erhielt er achtundvierzig Stunden Urlaub. Wir beschlossen, daß ich zu ihm fahren würde, damit wir keine Zeit mit der Hin- und Rückreise verloren.

Ein wenig benommen von der Fahrt stieg ich abends in dem kleinen Bahnhof von Chateaulin aus dem Zug. Bruno kam mir vom anderen Ende des Bahnsteigs entgegen. Wir rannten nicht aufeinander zu. In seiner Gefreitenuniform und mit seinen geschorenen Haaren kam er lächelnd näher. Und dann … dann empfand ich ein leichtes Mißbehagen. Die Uniform stand ihm nicht gut zu Gesicht. Er war abgemagert. Seine Gesichtszüge wirkten abgespannt. Ich erinnerte mich nicht, daß sein Schädel derart quadratisch war. Aber dann nahm er mich in die Arme, und das Mißbehagen verschwand. Im Stehimbiß des Bahnhofs tranken wir einen Kaffee. Er beklagte sich. Er schlief schlecht. Sein Tornister scheuerte ihm die Schultern auf, und bei den Gewaltmärschen kam er immer als letzter ans Ziel. Das Soldatenleben setzte ihm zu. Ich munterte ihn so gut ich konnte auf und unterdrückte die Verlegenheit, die sich vor diesem müden, veränderten Gesicht immer wieder bemerkbar machte. Wir fuhren mit dem Bus nach Douarnenez, wo er ein Hotelzimmer reserviert hatte. Durch

- -

das breite Fenster sah man aufs Meer hinaus, in die purpurne Wärme des Abendhimmels. Wir öffneten es weit. »Die Musik und du, das ist alles, was mein Leben ausmacht,« sagte er, »und ich habe keins von beiden.« Bruno liebte mich, ohne es mir je zu sagen. Dieses klare Geständnis überraschte mich so sehr, daß es mir nicht einmal einfiel, mich dafür zu bedanken, ja nicht einmal, mich zu freuen.

»Ich bin da«, antwortete ich, »schau mich an.«

»Du hast recht«, flüsterte er, »ich bin ein Idiot!« Und er lachte laut auf. Ich auch.

Wir gingen eine Languste essen und Weißwein trinken. Im Restaurant entspannte er sich und erzählte mir viel von Nono. Dieser hatte ihm seine neueste Komposition geschickt, die bei der Biennale in Venedig uraufgeführt werden sollte. Daß er bei diesem Ereignis nicht dabeisein konnte, betrübte Bruno sehr. Aber sobald er seinen Militärdienst hinter sich hätte, würde er nach Mailand ge-

- -

hen. Ich müßte es so einrichten, daß ich mit ihm fahren könnte. Ob ich Italien kenne? Wir wären glücklich dort. Ich sah Bruno wiederaufleben, und das machte mich bereits glücklich. Warum nicht? Auch ich könnte nach Mailand gehen. Er bat mich, ihm eine andere Partitur von Nono zu schikken, die er zu Hause gelassen hatte und die er studieren wollte. Den Titel schrieb er mir auf einen Zettel, den er mir neben meinen Teller schob: *Canti di vita e d'amore: sul ponte di Hiroshima*. Sofort lief mir Angstschweiß über die Haut. Sogar meine Haare waren naß.

Ich trank zuviel. Viel zuviel. Ich glaube, Bruno machte mir einen Heiratsantrag, aber ich weiß nicht mehr, was ich antwortete. Mich betrunken zu sehen erheiterte ihn. Lachend führte er mich zum Leuchtturm. Ich torkelte beinahe, aber die frische Luft machte mich wieder nüchtern. Vor Kälte klapperte ich mit den Zähnen.

- -

Im Hotelzimmer hat er eine Kerze angezündet und mich ausgezogen. Bis dahin ist alles normal. Ich lasse es zu. Ich mag das. Aber warum hat er sich nicht auch ausgezogen? Die Flamme zittert und wirft Schatten auf die Wände. Er betrachtet mich. In seinen Augen erkenne ich etwas Abdriftendes. Der aufmerksame Ausdruck ist verschwunden.

»Zieh deine Uniform aus«, flüstere ich, »sie macht mir angst.«

Und als er es tut, als er seine plumpen Schuhe auszieht, seinen Uniformgürtel aufschnallt, als ich seine blasse Haut und sein bereits steifes Glied erblicke, überfällt mich Panik. Meine Beine verkrampfen sich. Ich spüre seine Hände nicht auf meiner Haut. Ich spüre ihn nicht. Er legt mich aufs Bett. Kommt über mich. Ich weiß nicht mehr, wer das ist über mir. Wie wahnsinnig macht er sich an mir zu schaffen. Heftige Erbitterung ergreift ihn. Er will mit Gewalt eindringen. Er wird eindringen.

Ich kämpfe. Und plötzlich höre ich einen maßlos schrillen Schrei. Und dieser Schrei dringt in mich ein, durch mich hindurch. Unter der Wirkung eines heftigen Krampfes bäume ich mich auf – eines Krampfes, der noch heftiger ist, noch ausstrahlender als die Wollust. Er steigt mir ins Gesicht. Und mein Gesicht verwandelt sich, ich spüre es. Ich bleibe in hochgewölbter Erstarrung auf dem Bett liegen, die Arme ausgebreitet wie eine Gekreuzigte. Ich frage mich, wo Bruno ist. Ich habe ihn heftig von mir gestoßen, vermutlich ist er weit weggerollt von mir. Dann breche ich kraftlos zusammen, verstört, ein Häufchen Asche. Ich verfalle in vollkommene Stumpfheit. Um keinen Preis der Welt werde ich mich mehr rühren. Brunos Gesicht taucht über mir auf. Ich mache die Augen zu, um ihn nicht zu sehen. Ich glaube, ich schlafe auf der Stelle ein.

Am Morgen wollte er mich streicheln. Vom Kasernenleben hatte er harte Hände bekommen, sie rauhten mir die Haut auf. Er sagte nichts. Aber sein Blick wurde mißtrauisch. Wir verbrachten den Tag in Saint-Malo. Ich wagte es nicht aufzublicken. Wir schlenderten durch die Straßen, taten so, als würden wir miteinander reden. Ich erzählte ihm von meinen derzeitigen Seminaren in Mathematik, er antwortete, daß er den Antrag gestellt hatte, beim Transportdienst eingesetzt zu werden: vielleicht würde er schwere Lkw fahren. Seine Stimme hatte alle Erregung eingebüßt. Eine Vorahnung machte mir die Beine schwer. Die hohen, dunkel strengen Mauern der Häuser von Saint-Malo, die abschüssigen Straßen, die die Junisonne nicht aufzuwärmen vermochte, die riesige Sandfläche, auf der das Meer Pfützen hinterlassen hatte, alles ließ Schwermut aufkommen. Am späten Nachmittag kam die Flut zurück. So lange, bis die Sonne unterging, lehnten wir an der Brüstung der

Stadtmauer und sahen auf die Wellen hinunter, die mit ihrem bis zum Stumpfsinn wiederholten Getöse auf die Felsen schlugen. In einem feierlichen Zimmer, das kalt war wie ein Grab, schliefen wir dicht aneinandergekuschelt ein: zu reden hatten wir nicht den Mut.

Mitten in der Nacht wurde ich von einem Alptraum aus dem Schlaf gerissen. Ein ohrenbetäubendes Brummen ließ die Hotelwände vibrieren. Wieder klebten mir die schweißnassen Haare im Nacken. Nach einer Weile wurde mir klar, daß Bruno schnarchte. Nichts weiter. Allmählich beruhigte sich mein Herzjagen. Ich machte das Nachttischlämpchen an. Er wachte nicht auf, drehte sich knurrend um und hörte auf zu schnarchen. Ich betrachtete seinen Rücken und fühlte mich sehr allein. Warum schlief er so gut? Tränen kullerten mir über die Wangen. Warum streichelte ich ihn nicht, bis er aufwachte? Nachdem ich das Licht gelöscht

- -

hatte, schmiegte ich mich so vorsichtig wie möglich an ihn und weinte still vor mich hin weiter.
Seine Kaserne, zu der ich ihn begleitete, stand mitten in der bretonischen Heidelandschaft. Ich dachte mir, wir würden uns beim Aussteigen aus dem Bus küssen, ich würde ihm endlich, bei dieser letzten Umarmung, meine Liebe gestehen. Wir küßten uns. Aber er tat es so heftig, daß er mir in die Lippe biß. Dann ging er, ohne sich umzudrehen. Ich wollte schreien. Kein Laut drang aus meiner Kehle. Meine Lippe schwoll bereits an.
Im Zug nach Paris war ich fast allein. Mein Kopf war leer, mein Körper war leer, die Lippe brannte, und mir war leicht schwindlig, als ob ich seit langem nichts gegessen hätte. Zu Hause angelangt, schickte ich Bruno die Partitur von Nono, und dann griff ich zu Tsurukawas Buch. Lange betrachtete ich sein rätselhaftes Gesicht, bevor ich sein Tagebuch in einem Zug wieder las. Als ich durch

war, legte ich mich ins Bett und erwartete ihn, völlig resigniert. Er verschonte mich nicht. Am folgenden Tag ging ich in die Apotheke und kaufte einen Vorrat an Ohropax, um weiter zur Universität gehen zu können. Mein Leben nahm wieder seinen gewohnten Lauf, von dem es ein Zwischenfall abgelenkt hatte.

Meine Magisterprüfung in Mathematik machte ich mit Auszeichnung, und im Juli fuhr ich zu meiner Mutter in den Süden. Inzwischen sprach sie wieder. Sie drückte sich jedoch nur in der dritten Person aus.

»Hast du gut geschlafen, Bénédicte?« fragte sie ihr Mann. »Sie hat gut geschlafen, danke«, antwortete meine Mutter lächelnd. Ich hatte den Eindruck, daß sie es absichtlich tat, daß sie uns alle hinters

Licht geführt hatte. Sie war viel stärker als ich. Meine Tage verbrachte ich am Strand: Ich lag im Sand und lauschte dem Jäger, der am Sonnenhimmel seine Kreise zog. Das Meer wurde von Tausenden von Bomben durchlöchert. Der Radau wurde fürchterlich. Ich bekam einen Sonnenstich.

Im August erhielt Bruno vier Tage Urlaub. Diesmal trafen wir uns in Paris. Als er behutsam, ängstlich seine Hände auf mich legte, wollte ich ihn flehend bitten, aufzuhören. Es gelang mir nicht zu sprechen. Danach passierte genau das gleiche wie beim letztenmal. Nicht daß ich mich vor seiner Uniform gefürchtet hätte, schließlich hatte er sich mit Bedacht im Badezimmer ausgezogen. Aber ich spürte nichts, absolut nichts, bis zu dem Augenblick, als der Jäger heulend auf mich niederstürzte. Das Lustgefühl war derart intensiv, daß ich wie tot zurückfiel. Vermutlich glaubte Bruno, ich sei ohnmächtig geworden, denn er schüttelte mich an den

- -

Schultern und rief: »Was hast du denn? Was hast du denn?« Ich spürte ihn kaum und schlief ein. Ich schlief wunderbar. Als ich erwachte, saß Bruno bereits am Schreibtisch und arbeitete an einer Komposition. Ich sah ihn von hinten. Ohne sich umzudrehen, fragte er mich, ob es jemand anderen in meinem Leben gebe. Ich sagte nein. Ich hätte auch ja sagen können. »Heute nacht hast du geschrien, als ob ich dir furchtbar weh getan hätte«, fügte er hinzu. »Nein«, flüsterte ich. Und die Unterhaltung stockte.

Bruno schien sein Gleichgewicht wiedergefunden zu haben oder zumindest die Lust an der Arbeit. Er verbrachte fast seinen ganzen Urlaub am Schreibtisch. Mir war es lieber so. Jetzt konnte ich ihn wieder bewundern. Ich dachte sogar, daß ein Arrangement möglich sein müßte zwischen Tsurukawa und ihm. Meine Mutter gab mir doch ein Beispiel. Am späteren Nachmittag gingen wir am Kanal spazieren. Es war noch sehr heiß. Wir tranken Pastis. Er sprach wieder von Mailand.

Am dritten Tag wurde Tsurukawa gewalttätig. Ich war weit weniger verwundbar als am Anfang. Ich ging hinaus auf die Straße. Er ließ nicht locker. Ich ging wieder nach Hause und hörte Bach – mit einem Kopfhörer, um Bruno nicht zu stören. Ich hörte ihn immer noch. Schließlich steckte ich mir mein Ohropax in die Ohren. Ich war lächerlich mit meinen Stöpseln. Bruno würde sie zwar nicht bemerken, weil meine Haare sie verdeckten, aber für meine Taubheit müßte ich wohl oder übel eine Erklärung parat haben. Ich sah sein Gesicht, das sich über den Tisch neigte, sein schönes, aufmerksames, kluges, konzentriertes Gesicht, ein Gesicht, das Musik erfand. Offenbar spürte er meinen Blick, denn er drehte sich um und betrachtete mich mit Verwunderung. Lächelnd sagte er etwas, und natürlich antwortete ich nicht. Er stand auf und setz-

- -

te sich neben mich, ganz dicht neben mich. Ich blickte starr auf seine Lippen, ohne den Versuch zu machen zu verstehen, was sie sprachen. Er schloß mich in seine Arme, streichelte mir das Haar, die Lippen. In diesem Augenblick gab etwas nach in mir. Ich erinnerte mich an sein allererstes Streicheln. Ich brach in Tränen aus. Ich weinte und konnte nicht mehr aufhören. Ich schluchzte. Und in dieses Schluchzen hinein spuckte ich wie die Vipern und Kröten im Märchen das Geheimnis aus, von dem ich geglaubt hatte, ich könnte es vergessen. Ich sagte ihm, daß ich verfolgt würde von einem Geräusch, daß dieses Geräusch ein Flugzeug sei, daß in diesem Flugzeug ein Japaner sitze. Meine Stimme dröhnte mir im Kopf. Ich schämte mich in dem Bewußtsein, wie unglaubwürdig und lächerlich das alles war, was ich da erzählte. Als würde ich offiziell zugeben, daß ich wahnsinnig war, obwohl ich mich doch nur bemühte, die Wahrheit zu sagen. Ich erzählte alles, die Ohrenentzündungen, die Ohrenspülungen, das Surren, die Angriffe, das Ohropax, die schalldämpfende Decke, ich erzählte, daß Tsurukawa zwei Jahre lang ausgeblieben und daß er in Chateaulin wiederaufgetaucht war. Meine Geständnisse verletzten mich, als wären es lauter Argumente gegen mich selbst. Ich sagte ihm, daß ich, wenn ich mit ihm schlief, von Tsurukawa vergewaltigt wurde und daß er mich zerstörte. Bruno wußte nur, daß mein Vater bei Okinawa gefallen war, daß meine Mutter wieder verheiratet war und an der Côte d'Azur lebte. Während ich sprach, wurde mir klar, wie ungeheuerlich es war, daß ich ihm das alles verheimlicht hatte. Und jetzt war es dieser Gedanke, daß ich soviel verheimlicht hatte, der mich mit schneidendem Kummer erfüllte und meine Tränen strömen ließ. Ich wagte es nicht, ihn anzusehen. Am liebsten wäre ich zu seinen Füßen im Boden versunken, hätte ich mich in eine Trä-

- -

nenpfütze verwandelt. Als ich schwieg, holte er mir ein Glas Wein, und nun begann er zu reden. Er redete lange und griff dabei manchmal nach meiner Hand. Ich weiß nicht, ich werde nie wissen, was er mir gesagt hat, denn ich habe nichts gehört. Aber ganz allmählich beruhigte ich mich. Eine unermeßliche Müdigkeit überkam mich und betäubte meinen Kummer. Als ich das Gefühl hatte, er sei zu Ende gekommen, stand ich auf und holte ihm Tsurukawas Tagebuch. Er zog mich aus, legte mich ins Bett, und dann sah ich, wie er sich in das Buch vertiefte.

Als ich erwachte, entfernte ich diskret meine Ohropaxstöpsel und stellte erleichtert fest, daß es im Zimmer still war. Bruno hatte das Buch neben seine Uhr auf den Nachttisch gelegt. Es lag da wie ein banaler, alltäglicher Gegenstand. Das schuf mir ein leichtes Unbehagen, und ich legte es vorsichtig zurück ins Bücherregal. Bruno machte keinerlei

- -

Anspielung auf die Ereignisse des Vorabends. Er gab sich äußerst zärtlich und liebevoll. Wir gingen zu Fuß zum Bahnhof Montparnasse. Unterwegs kaufte er mir ein Kleid und sagte mir, ich sei schön.

Im September wurde Großvater ins Krankenhaus eingeliefert. Dort erst, in diesem Zimmer, in dem er so erschöpft dalag, daß er die Augen kaum aufbrachte, fiel mir auf, daß ich nichts, absolut nichts von ihm wußte, außer seiner Leidenschaft für den Kabeljaufang. Vom Tod wußte ich nur das Verschwinden und das Schweigen. Nun wurde mir bewußt, daß er auch Schmerz und Trauer bedeuten konnte. Nach meinem Krankenhausbesuch ging ich noch zu Großmutter. Sie saß im Rollstuhl, mit Medikamenten vollgepumpt, der Kopf fiel ihr auf die Brust. Sie würde dahinsterben. Ich blieb stehen und betrachtete sie. Ich wußte nicht, was ich sagen sollte. Ich ordnete ihre zerzausten Haare. Sie reagierte nicht. Am Abend schrieb ich meinem Stiefvater, daß es zu Ende gehe und daß er es vielleicht meiner Mutter sagen sollte. Er war durchaus meiner Meinung, aber sie kamen zu spät. Großvater war schon gestorben. Die Wiederbegegnung zwischen Mutter und Tochter verlief zögerlich. Maman hatte ihr einen Morgenmantel mitgebracht, der aber nicht paßte. Beim Anblick ihrer veränderten Tochter stieß Großmutter ein höhnisches Glucksen aus, als dächte sie sich ihr Teil. Hin und wieder aber warf sie ihr einen scheuen Blick zu. Was mich betraf, so wurde die Hoffnung ausgesprochen, daß ich zu Weihnachten zu Besuch kommen würde. Es hieß sogar, falls ich einen Freund hätte, könnte ich ihn doch mitbringen. Dieser Gedanke stürzte mich in Verlegenheit. Waren Bruno und ich ein Paar? Ein Paar wie meine Großeltern, wie meine Mutter und mein Stiefvater? Erlebten wir, was alle Leute erlebten? Was konnten die anderen uns ansehen? Es wäre mir nicht lieb gewesen, daß man uns durchschaut. Neben der Arbeit an meiner Dissertation besuchte ich im Institut für Zeitgeschichte die Vorlesung von Professor Bertin über den Krieg im Pazifik. Er war ein kleiner Mann von etwa fünfzig Jahren, mit brüchiger Stimme und kurzsichtigen Augen, aber er war zynisch und brillant. Wie fast alle seine Kollegen war er Marxist. Die Studenten drängten sich im Hörsaal. Er begann damit, daß er die gewaltige wirtschaftliche Maschinerie des Krieges auseinandernahm, und ich bekam großes Mitleid mit Tsurukawa. Der Kapitalismus, erklärte Professor Bertin, führe die Welt schnurstracks in die Vernichtung, und der Pazifikkrieg liefere dafür das markanteste Beispiel. Tsurukawa, dessen Existenz mir so nahe war, da sie doch einen so starken Einfluß auf mein Leben ausübte, war nichts als eine anonyme, persönlicher Verantwortung enthobene, total manipulierte Schachfigur gewesen in einem verbrecherischen Wirtschaftskonflikt, der zu einer gigantischen Metzelei entartet war. Tsurukawa war nicht mehr mein Henker, er war selbst ein Opfer. Vielleicht würden ihm diese rationalen Erklärungen seine Macht über mich nehmen. Ich ließ keine einzige Vorlesung aus und war eine leidenschaftliche Hörerin. War ich im Begriff, mir jenes politische Bewußtsein anzueignen, dessen Nichtvorhandensein mir Bruno zum Vorwurf machte? Er wäre glücklich gewesen, mich in diesem Hörsaal zu wissen. Aber wenn Tsurukawa unter der weitläufigen Decke des Hörsaals herbeidröhnte, wollte ich schreien: »Hört ihn! Hört, wie er uns provoziert! Er kümmert sich einen Dreck um eure Beweisführungen. Er ist viel stärker als eure Analysen: Nie werdet ihr ihn vernichten, aber er, er wird euch vernichten.«

Nach meinem Geständnis hatte mir Bruno einen langen Brief geschrieben, in dem er mir seine Liebe versicherte und mir riet, einen Pychiater aufzusuchen. Jedesmal, wenn er auf Urlaub kam, fragte er mich, ob ich einen Termin ausgemacht hätte. Ich hatte keinen Termin ausgemacht. Ich war nicht krank.

Er verlangte nichts von mir. Er machte keine Versuche, mit mir zu schlafen. Manchmal küßte ich ihn ganz sanft, und ich war voller Hoffnung. Ich spürte wirklich seine Lippen auf meinen. Ich sagte mir, daß wir ein Mann und eine Frau seien, bereit, sich zärtlich zu lieben, bereit, zwei in einem Fleische zu sein. Und plötzlich kam es wieder. Meine Haut verschloß sich, sie wandte sich dem anderen zu. Sie wartete auf ihn. Ich sah Bruno nicht mehr. Ich hörte weder seinen Atem noch was er mir zuflüsterte, sondern nur noch diesen Schrei, diesen

- -

gellenden Schrei, der mich in sich verschlang. Bruno behauptete, daß ich diesen Schrei ausstieß. Wenn ich mich beruhigt hatte, nahm ich mir eindringlich vor, mich das nächstemal mit aller Kraft zu konzentrieren, um Bruno keine Sekunde aus den Augen zu lassen, meine Beine und meine Arme mit der Gewalt eines Schraubstocks in seinem Rücken zu verschränken. Aber mein Wille war nie ausreichend. Seltsamerweise half mir Bruno nicht. Er nahm es hin, daß ich ihn wegstieß. Warum hat er nicht wenigstens einmal gekämpft, um mich an sich zu heften? Warum hat er mich nicht ultimativ aufgefordert, zwischen ihm und dem Jäger zu wählen? Während ich in den Schlaf versank, hörte ich noch undeutlich, wie er aufstand und sich an seinen Schreibtisch setzte. Ich wußte nicht, daß er sich auf diese Weise schadlos hielt.

- -

Die Militärzeit ging ihrem Ende zu. Mir bangte vor der Wiederaufnahme des gemeinsamen Lebens. Aber es ging ganz reibungslos. Der Arbeitsentzug hatte achtzehn Monate lang gedauert: Bruno stürzte sich nun auf seinen Schreibtisch und – mich erstaunte das – verschob seine Reise nach Mailand. Er mietete ein Tonstudio und kam immer erst spät nach Hause. Meist schlief ich schon. Zu dem Ohropax kamen nun auch noch Schlaftabletten hinzu. Wir berührten uns nicht mehr. Es gab ein einziges Thema für Auseinandersetzungen: der Psychiater. Man hatte ihm einen angeblich hervorragenden empfohlen, der im Krankenhaus Salpêtrière auch ambulant behandelte.

»Tu's für mich«, sagte er, »um mir zu beweisen, daß du mir vertraust.«

Ich konnte nicht. Schließlich sagte er mir ins Gesicht, ich weigerte mich gesund zu werden, und ließ das Thema fallen. Einige Zeit später fing er doch wieder damit an und erklärte mir, er habe für mich einen Termin bei einem Neurologen verabredet. »Ich werde nicht hingehen«, antwortete ich. »Weil ich dich liebe, habe ich dir vom Jäger erzählt, ich werde niemand anderem davon erzählen.« Er erwiderte mir, ich könne mich ja damit begnügen, von den Geräuschen zu sprechen, und wenn ich es wolle, käme er mit und würde an meiner Stelle reden. Ich willigte ein. Der Neurologe vermutete eine Veränderung meiner Schläfenlappen und ordnete ein Elektroencephalogramm an, das das Gegenteil bewies. Meine Schläfenlappen waren intakt. Er verschrieb mir ein Medikament, das ich jeden Morgen nehmen sollte, und ein weiteres für die Anfälle selbst. Ich verließ diese Sprechstunden in einem unbeschreiblichen Zustand der Traurigkeit. Am Gesichtsausdruck des

Arztes war mir klargeworden, daß ihn Bruno zuvor schon aufgesucht hatte, und nun war ich ganz sicher, daß er nicht an die Existenz des Jägers glaubte, sondern mich für verrückt hielt. Auf dem Nachhauseweg erzählte er mir, daß Schostakowitsch während des Krieges verwundet worden war und einen Granatsplitter im Kopf hatte, und daß er seitdem eine bestimmte Melodie hörte, sobald er den Kopf auf eine spezielle Weise neigte. Darüber mußte ich denn doch lachen. Wir machten Station in einer Apotheke. Er kaufte die Medikamente, und jeden Morgen fand ich auf dem Tisch eine kleine rosarote Tablette, die ich zu schlucken hatte. Ich muß gestehen, daß sie durchaus eine gewisse Wirkung zeitigte: so als ob sie den Jäger mit Werg umwickelt hätte.

Abgesehen von dieser medizinischen Fürsorge war Bruno so sehr in seine Arbeit vertieft, daß er mich vernachlässigte. Mir gelang es nicht, mich für meine Doktorarbeit zu interessieren. Ich war an Tsurukawa gewöhnt. Ich langweilte mich. Eines Tages kam ich auf die Idee, unsere ehemaligen Freunde zum Essen einzuladen, um das Glück unserer ersten Begegnungen noch einmal heraufzubeschwören. Als Bruno nach Hause kam, waren sie fast vollständig da. Er fiel aus allen Wolken. Einen Augenblick lang war er irritiert, dann beschloß er, gute Miene zum bösen Spiel zu machen. Ich hatte viel Weißwein eingekauft. Nach zwei, drei Gläsern wurde er lebhaft. Seine Augen funkelten, und er verriet, daß er im Begriff sei, ein für ihn entscheidendes Werk abzuschließen, das ihm sehr zu schaffen gemacht habe, das er jetzt aber für sehr gelungen halte. Noch nie hatte er mir davon erzählt. Wenn ich ihm Fragen stellte, antwortete er stets: »Ich komme voran ...« Es klang ungeduldig, so daß ich das Gefühl hatte, indiskret zu sein. Ich wußte zwar nichts davon, hatte aber Verständnis

- -

für die Qualen der schöpferischen Arbeit und respektierte sie. Dennoch gab es mir einen kleinen Stich: Hätte ich unsere alten Freunde nicht eingeladen, hätte er dann seine Freude, die er ihnen gegenüber zeigte, mit mir geteilt? Mittlerweile waren seine Haare wieder gewachsen. Er war schön. Im Dunst des Zigarettenrauchs und des Alkohols – der sich mit meiner rosaroten Tablette sicher nicht gut vertrug – sah ich ihn ausladende Gesten machen. Er schien mir übermäßig groß. Ich hätte mir gewünscht, daß er in meine Richtung blickte, aber seine Augen schweiften über die ganze Gruppe, ohne jemanden zu sehen. Als der letzte Gast gegangen war, konnte ich aus meinem Sessel nicht mehr aufstehen. Bruno trug mich ins Bett und warf sich auf mich. Vielleicht lag es an der Tablette, jedenfalls schwieg der Jäger. Ich empfand keine Lust. Aber ich war unendlich glücklich, glücklich, den Körper dieses Mannes auf mir zu spüren, der nun

- -

endlich in mir zum Höhepunkt kam und dessen Gewicht meine Seele nicht mehr zu spüren vermochte.

Wieder ist Sommer. Obwohl es warm ist, hat Bruno die Fenster geschlossen und mich aufs Sofa plaziert. Aus seiner Aktentasche hat er ein Tonband genommen, das er nun bedächtig auf dem Revox einlegt. Seine Ungeschicklichkeit verrät, daß er aufgeregt ist. Er drückt auf den Knopf und versenkt den Kopf in seinen Händen. Ich höre ein kaum vernehmbares Summen, das mir zunächst vorkommt wie das Grundgeräusch des Tonbandgeräts selbst. Dann aber erstarre ich. Es ist der Jäger. Er ist irgendwo in der Tiefe des Himmels. Er nähert sich. Ich will es aber nicht. Ich stürze zu dem Gerät, um es abzuschalten. Bruno ergreift mich blitzschnell beim Handgelenk. Er hält mich fest. Der Propeller zerhackt den Raum. Ich höre alles. Er hat nichts ausgelassen. Die unglaubliche Beschleunigung des Motors, die Explosion des Rumpfes, die Wassersäulen, die auf das Schiffsdeck niederklatschen. Aber er hat etwas Eigenes hinzugefügt: aus dem Geknirsche von zusammengeschobenem Blech erhebt sich eine Frauenstimme. Sie hält eine endlos lange, schrille, Gänsehaut erregende Note. Dann schluchzt sie, kommt wieder hoch, schürft die Oktaven auf, besänftigt sich, setzt erneut an, röchelt, und als sie endlich aufhört, entsteht ein langsames, friedliches Plätschern. Ich bin gelähmt. Ich höre ihn kaum noch sagen: »*Rondo für Frauenstimme und Flugzeug*. Es ist für dich.« Ich schaue ihn fassunglos an. Ich hasse ihn.

Ich war dem Ersticken nahe. »Wirf das weg. Wirf das sofort weg!«

»Das kommt nicht in Frage.« Seine Finger zerquetschten mir den Arm. »Es ist nichts da, Laura, nichts existiert außer diesem Stückchen Tonband. Die Mauern sind nicht zusammengebrochen. Dein Körper ist nicht in tausend Fetzen explodiert. Wach auf, Laura, wach auf!«

Und er wiederholte seinen Befehl, wobei er mich wie einen Sack Mehl schüttelte. Nicht genug, daß er mich beschimpfte, er wollte mich auch noch küssen. Ich riß mich los und ohrfeigte ihn schallend. Es tat mir weh. Einen Augenblick lang blieben wir beide in dümmlicher Benommenheit stehen. Dann lächelte er verlegen, räumte sorgfältig sein Tonband in die Schachtel zurück und verließ wortlos die Wohnung. Spät in der Nacht kam er zurück, und da ich noch angezogen auf dem Bett lag, zu tief erschüttert, um in den Schlaf zu finden, sagte er:

»Wir sollten Champagner trinken, die Leute von der Gruppe für experimentelle Musik finden mein

- -

Rondo großartig und haben mich als Mitglied aufgenommen.«

Nono wurde ebenfalls informiert. Er gratulierte. Die Uraufführung fand im Großen Sendesaal des Staatlichen Rundfunks statt. Ich weigerte mich hinzugehen. Ich war bestohlen, beraubt, den Ohren der anderen zum Fraß vorgeworfen. Unsere ehemaligen Freunde riefen an, um uns ihre Freude zu bekunden. Ein schöner Anlaß! Vermutlich hatte Bruno nur darauf gewartet, daß ich schreie, um unverzüglich die Frequenzen meiner Stimme zu transkribieren. Vielleicht hatte er sogar ein Aufnahmegerät unter dem Bett versteckt. Er hatte mir so viel erzählt von der Stofflichkeit des Klangs. Nono organisierte ein Sonderkonzert in Mailand. Bruno sagte, er wolle mich nicht zwingen, dabeizusein, ich sei frei, nach Belieben zu entscheiden. Ich argwöhnte, meine Anwesenheit sei nicht gefragt; um ihn zu ärgern, antwortete ich, daß ich käme.

- -

Im Zug waren wir zu dritt, die Sopranistin, Bruno und ich. Sie trug einen engen Rock und hielt ihre Beine zusammengepreßt. Die Sonne prallte auf ihre Augen, fiel in hellen Spritzern auf ihre milchige Haut. Sie redete nicht, vermutlich um ihre Stimme zu schonen. Bruno war nervös, lief im Gang auf und ab, setzte sich wieder. Dann öffnete sie ihre marmornen Lippen und gab ein »Beruhigen Sie sich, Bruno, es wird alles gutgehen« von sich, das so melodisch klang, daß man hätte meinen können, sie singe bereits. Sie war Ausländerin, Polin oder vielleicht auch Russin. Den ganzen nächsten Tag zogen sie sich zurück und probten. Ich kam im letzten Augenblick, als es schon dunkel wurde im Saal.
Auf der großen leeren Bühne nahm sie ein Scheinwerfer gefangen. Ihr Haar schimmerte. Bruno saß links von ihr und machte sich an den Knöpfen eines gewaltigen Tonbandgeräts zu schaffen. Ich

hatte mir die Ohren zugestöpselt, aber blind war ich nicht. Ich sah sehr wohl, wie sich Brunos verkrampftes Gesicht entspannte, glättete, wie es sich sammelte, konzentriert zur Seite neigte, als wolle es den Lauf des Bandes zwischen den stählernen Backen noch genauer verfolgen. Ich sah sehr wohl, daß er dieses Gesicht ihr zuwandte: Sie hatte seit dem Beginn mit keiner Wimper gezuckt, die Augen waren geschlossen, und nun, als reagiere sie auf ein Zeichen, schlug sie sie auf und wandte sich ihm zu. Ich sah sehr wohl, wie ihre Blicke sich vereinten, sich abdeckten, ineinandertauchten, kaum eine halbe Sekunde lang. Während er sie unverwandt anblickte, drehte sie sich dem Publikum entgegen. Ihre Brust hob sich. Ihr Seidenkleid wogte sanft. Sie öffnete den Mund. Ihr Gesicht verzerrte sich. Ich schloß die Augen, um mir den widerwärtigen Anblick zu ersparen, den sie hemmungslos den Zuschauern bieten würde. Als ich

- -

die Augen öffnete, war stehender Applaus im Saal. Sie lächelten beide, sie etwas gezwungen, und sie sah nicht mitgenommener aus, als wenn sie ein Liebesliedchen von sich gegeben hätte. Plötzlich bemerkte ich die Hände. Sie verbeugten sich Hand in Hand, die Feuchtigkeit der Anstrengung vermischte sich, ihr Blut pochte Finger an Finger.
Beim Empfang nach dem Konzert strahlte Bruno. Etwas ältere Männer schwafelten über seine Technik der rhythmischen Interaktion, seine dynamischen Vibrationen. Er antwortete geradezu redselig. Er stellte Nono die Sopranistin vor und lobte ihr Talent. Er hatte seine Hand auf ihre Schulter gelegt. Mein Blick fiel wieder auf diese Hand. Plötzlich ergriff mich eine heftige Sehnsucht nach ihrer Wärme. Wenn sie mich jetzt, in diesem Augenblick, berührte, anstatt sich auf die Sopranistin zu stützen, würde ich sie tief in meinem Innern spüren, schien mir, und wir würden uns wieder lie-

- -

ben wie damals im ersten Sommer. Aber die Hand rührte sich nicht. Ich erinnerte mich an all die Abende, an denen Bruno so spät nach Hause gekommen war. Ich malte mir aus, wie er mit dieser Frau im fahlen Licht der menschenleeren Tonstudios arbeitete. Mein Glas zitterte. Champagner tropfte auf mein Kleid. Mein Leben wankte. Ich beschloß, mich zurückzuziehen.

Die Sopranistin fuhr nicht mit uns zurück. Sie hatte einen Vorsingtermin an der Scala. Wir waren allein im Abteil. Bruno hielt die Augen geschlossen und genoß seinen Erfolg. Ich saß ihm gegenüber und spürte, wie die Kluft zwischen uns tiefer wurde, je weiter wir uns von Mailand entfernten. Warum hatte er mir vorgeschlagen mitzukommen? Damit ich seinen Triumph miterlebe? Wenn er jetzt die Augen nicht öffnet, steige ich am nächsten Bahnhof aus und verschwinde aus seinem Leben. Der Zug bohrte sich tiefer in die Alpen. Als wir aus einem Tunnel herauskamen, starrte er mich an. Er lehnte sich vor, legte seine Hand auf mein Knie und brach das Schweigen, das seit unserer Abreise auf uns lastete. »Das *Rondo*, das ist meine Art, dir zu sagen, daß ich dich liebe. Ich bin kein Blutsauger, ich habe dich nicht leergesaugt. Ich habe kein Recht auf das, was du denkst oder empfindest. Und ich bitte dich um Verzeihung, wenn dich mein Ehrgeiz verletzt hat. Ich weiß wohl, daß es über mein Tonband hinaus noch etwas gibt. Was … kann ich nicht sagen, aber da ist etwas, wovon nur du allein etwas weißt. Das *Rondo*, das ist meine beste Komposition. Weil es einen sehr starken, sehr wahrhaftigen Ansporn gegeben hat: ich wollte mich dem Fremden nähern, der in dir wohnt. Dieser Ansporn hat mein ganzes Wissen, meine ganze Erfahrung zur Geltung gebracht, er hat mir Kühnheiten ermöglicht, die du nicht ahnst. Jetzt hör mir bitte gut zu: Ich habe mit Nono alles Nähere be-

- -

züglich meines Aufenthalts in Mailand besprochen. Ich wünsche, daß du mit mir kommst. Möchtest du es auch?«

Während er sprach, hatte ich um die Worte herum, die sich überstürzten, jenen schmerzlichen Ausdruck der Lippen wieder auftreten sehen. Ich wurde genötigt zu antworten, und es irritierte mich, weil er sich die edle Rolle zuwies. Unser Leben als Paar hatte nichts mehr, was eine Verlängerung gerechtfertigt hätte. Sah er das denn nicht? Wollte er mir auch noch die Verantwortung für die Trennung aufbürden? Ich antwortete ausweichend: »Du betrügst mich mit der Sopranistin.«

»Ich arbeite mit ihr«, antwortete er so prompt, daß ich überzeugt war, er war auf meine Bemerkung gefaßt gewesen und ich hatte ihn an der richtigen Stelle getroffen.

»Ich bin sicher, daß du mich betrügst, es ist zu offensichtlich.«

- -

Er zog die Hand von meinem Knie zurück. Es war kleinlich, diese Polin zwischen uns zu schieben, das war mir bewußt, aber ich hielt mich an diesem Argument fest wie an einem Rettungsfloß.

»Antworte. Kommst du mit?«

»Du willst uns beide, nicht wahr?«

»Laura!«

Die Lippen waren verkrampft, er war fast häßlich.

»Diese Situation will ich nicht, ich komme nicht mit.«

»Dann reden wir nicht mehr davon.« Er schloß die Augen und schwieg.

O mein Gott, mach, daß er weiterspricht! Mach, daß er spricht, damit ich das eben Gesagte zurücknehmen kann. Aber er schwieg. Er schwieg bis zum Gare de Lyon, bis zum Quai de Jemmapes, bis zu seinem Auszug.

Ich beobachtete ihn, wie er ohne eine Geste zu mir hin in der Wohnung ein und aus ging. Er wurde getragen von einer Kraft, die mich in den Abgrund zog. Er nahm Italienischunterricht, kümmerte sich um einen Nachfolger für seinen Musikunterricht, kaufte Bücher über Linguistik und Phonologie. Ich machte nichts. Ich hatte den Mut nicht mehr, an meiner Dissertation zu arbeiten. Ich blieb stundenlang im Bett liegen, als ob es ständig Nacht wäre, und trotzdem fühlte ich mich sehr müde. Auch Tsurukawa wirkte müde. Er surrte sanft in meiner Nähe, hüllte mich ein, schnitt mich von der Außenwelt ab. Ich wiegte mich in seinem Geräusch.

Und dann kam der Tag. Bruno öffnete die Schränke, stellte einen neuen Koffer mitten ins Zimmer und begann ihn zu packen. Ich erkannte jede Hose, jedes Hemd. Ich wußte, an welchem ein

Knopf fehlte und wo die Flecken waren, die nicht mehr zu entfernen gingen. Ich sah seine geliebten Kleider lieblos aufeinandergepreßt. Er hätte sie mir wenigstens dalassen können! Aber er ließ mir lieber sein platzraubendes Revox-Gerät zurück. Ich nahm an, in Mailand stand ihm Besseres zur Verfügung. Er füllte eine Tasche mit Büchern und Partituren. Danach hörte ich, wie er einen Rundgang durch die Wohnung machte und ein Taxi rief. Würde er noch einmal ins Schlafzimmer kommen? Ich war mir sicher, daß er es nicht tun würde. Es war an mir, aufzustehen. Ich ging ins Wohnzimmer und stieß mich absichtlich an einem Stuhl. Vom Fenster aus beobachtete er die Straße. Er drehte sich nicht um, rührte sich nicht. Und als das Taxi kam, nahm er sein Gepäck und ging, ohne einen Blick in meine Richtung zu werfen.

Nun trat ich ans Fenster. Der Wagen wartete in zweiter Reihe. Ich sah Bruno aus dem Haus gehen.

Vielleicht würde er nach oben zurückblicken. Ich mußte mich zum Fenster hinauslehnen, damit er sah, daß ich ihm nachblickte. Der Fahrer öffnete den Kofferraum. Der Koffer verschwand. Bruno verschwand. Das Taxi verschwand.

Ich blieb am Fenster stehen, lange und reglos, und ich betrachtete den Widerschein der Straßenlaternen auf dem Kanal. Es war egal, ob ich einen Schritt nach links oder nach rechts tat oder gar keinen. Ich war tot. Ganz automatisch griff ich nach den Stöpseln in meinen Ohren: Ich wollte sie herausnehmen, aber ich hatte sie gar nicht drin. Auch Tsurukawa ließ mich im Stich. Ich legte mich bäuchlings aufs Bett, auf Brunos Seite. Ich vergrub mein Gesicht in seinem Kopfkissen. Ich hätte ersticken mögen.

Ich hatte einen Traum: Die Sopranistin und Nono saßen im Speisewagen vor einem Spargelgericht. Die Sopranistin trug eine durchsichtige griechische

- -

Tunika, unter der ihre nackten Brüste spitz hervortraten. Bruno trug einen Smoking und ein Hemd mit Stehkragen. Und Nono war als Bischof verkleidet (in Mailand hatte ich bemerkt, daß er violette Socken trug). Bruno küßte die Sopranistin auf obszöne Weise, während Nono die beiden mit einem Spargel segnete.
Ich hatte noch weitere Träume, viele weitere Träume, alle gleichermaßen grotesk, alle gleichermaßen häßlich. Häufig erschien mir Tsurukawa. Er hatte seinen Jäger irgendwo abgestellt. Er ging mit einem Gewehr spazieren und schoß auf Köpfe, die explodierten und Blutfontänen verspritzten. Die Wohnung verließ ich kaum mehr. Ich ging bis zum nächsten Kaufhaus und zurück. Ich war mir nicht einmal sicher, ob ich noch zählen konnte. Ich reagierte lediglich noch so weit, daß ich den Neurologen aufsuchte, als mir die Tabletten ausgingen. Und es kostete viel Überredungskunst, sie ohne er-

- -

neute Untersuchungen wieder verschrieben zu bekommen.

Wenn ich nicht schlief, dachte ich lange an die Sopranistin. Sie war schön. Sie war fähig zu lieben. Ich stellte sie mir beide in einer hübschen Wohnung in Mailand vor: sie, selbstsicher mit ihren sparsamen Gesten, wie sie Bruno alle Hindernisse aus dem Weg räumte. Warum hatte er sie nie hier in die Wohnung am Quai de Jemmapes mitgebracht? Ich hätte sie auch gemocht. Wir hätten alle drei zusammenleben können. Bruno hätte für sie komponiert. Sie hätten im prickelnden Schaffensrausch gelebt, im Scheinwerferlicht. Sie hätten bis tief in die Nacht von Musik gesprochen, hätten dann engumschlungen im Schlafzimmer geschlafen, während ich vom Wohnzimmersofa aus über sie gewacht hätte. Ja doch, das hätte ein angenehmes Leben sein können.

Maman rief mich an, um mir frohe Weihnachten

zu wünschen. Draußen gab es Tannenbäume, Gänseleberpastete und Clochards. Bei mir hier Konservendosen und fleckige Laken, weil ich im Bett aß. Großmutter beklagte sich, daß ich sie nicht mehr besuchen kam.

Und Bruno schrieb mir. Ich brauchte einen ganzen Tag, bis ich den Brief öffnete. Er sagte, er hätte mir lieber nicht schreiben wollen, aber das sei ihm nicht möglich gewesen. Er hoffe, meine Doktorarbeit mache Fortschritte. Er seinerseits arbeite viel. Er bat darum, daß ich antworte. Ich schlief wieder ein.

Ich schlief so viel, daß ich keinen Hunger mehr hatte. So brauchte ich weniger oft einzukaufen, mußte mich nicht bis zum Kaufhaus Prisunic schleppen und dabei alle zehn Meter haltmachen und meinen Korb abstellen. Ich war mir bewußt, daß es mir nicht sehr gut ging. Die Vorstellung von Zeit aber war mir nicht abhanden gekommen. Ich wußte, daß es bald Ende Januar war und daß Bruno demnächst zurückkommen würde.

Er kam ohne Vorwarnung. Ich hörte es klingeln, dann drehte sich der Schlüssel in der Tür. Ich bemerkte sofort, daß er kein Gepäck hatte. Er riß die Fenster auf, und Licht flutete herein. Als er mich entdeckte, stieß er einen Schrei aus, fragte, ob ich krank sei. Ich lächelte, sagte nein. Er wagte es nicht zu antworten, daß ich wie eine Leiche aussehe. Auf seinem Gesicht konnte ich die Verzweiflung lesen, mich hier wiederzufinden. Das war normal. Die Sopranistin strahlte, während ich ihn bedrückte. Ich hörte seine Gedanken: Es ist unmöglich! Ich kann hier nicht mehr mit ihr leben, ich kann nicht! Er machte ein paar Schritte in der Wohnung, blieb vor dem Revox stehen. Dann faßte er sich ein Herz:

»Ich habe eine Wohnung im Marais-Viertel gemietet.«

- -

Er setzte sich aufs Bett. Auf der Stelle fühlte ich eine enorme Erleichterung, als ob wir beide endlich unsere Niederlage akzeptierten. Meine Stimme zitterte nicht. Sie klang ungeheuer sanft – ich wußte nicht, daß meine Stimme so sanft sein konnte –, als ich ihm antwortete, er habe recht. Ich fragte ihn, ob die Sopranistin zu ihm ziehe. Er nickte, und mir wurde klar, daß ich drei Monate lang auf ihn gewartet hatte, um genau das zu hören. Nicht eigentlich, daß er mit ihr zusammenziehe, aber daß er mich verlasse. Ich hatte zu leben aufgehört, weil weder er noch ich fähig gewesen waren, unserer Trennung ins Gesicht zu sehen. Und nun war er es, der mich mir selbst zurückgab, der es mir ermöglichte, mich wiederzufinden. In beinah bestimmtem Ton bat ich ihn, das Fenster zu schließen, weil mir kalt sei. Er sagte, ich müsse einen Arzt aufsuchen, ich antwortete: »Ja, ich werde es tun.« Er sagte, er würde wiederkommen, um das

- -

Tonbandgerät abzuholen, und wenn er mir helfen könne, würde er es tun. Ich lächelte, stand auf, um ihn zur Tür zu begleiten. Als er gegangen war, nahm ich ein Bad, zog mir saubere Kleider an, wechselte die Bettwäsche und ging eine Hühnerbrühe essen in einem kleinen tunesischen Restaurant um die Ecke. Ich war frei. Nichts stand mehr der Erfüllung meines Schicksals entgegen.

Zum Zeichen meiner Genesung ging ich als erstes wieder in die Vorlesungen von Professor Bertin. Als wäre es abgesprochen, erlaubte er sich eine Digression und sprach über die Selbstmordtradition in Japan, um das, was er »das Opfer« der Kamikaze-Flieger nannte – ein seltsam religiöses Wort aus seinem Munde –, in eine historische Perspektive zu rücken. Er ließ sich aus über die

- -

eigentliche Bedeutung des Wortes Kamikaze: göttlicher Taifun. Die Geschichte kannte ich. Im 13. Jahrhundert hatte es ein rettender Taifun ermöglicht, einen Angriff der Mongolen zurückzuschlagen. Aber seitdem hatten die Götter ihre Macht der allmächtigen, der olympischen Wirtschaft abgetreten. Demzufolge war es auch kein Wunder, daß die Kamikaze wie die Fliegen über die Armada von MacArthur hergefallen waren: zweihundert Schiffe und eintausendsiebenhundert Flugzeuge. Sie waren nicht das Instrument irgendeiner Rache, irgendeiner Gerechtigkeit gewesen. Sterbend hatten sie den Himmel genauso leer zurückgelassen, wie sie ihn hineinfliegend vorgefunden hatten. Auf einmal rauschte und knisterte das Mikrophon. Professor Bertin klopfte daran herum, drehte an einem Knopf, ohne etwas auszurichten. Er fuhr fort, so gut es ging: »Der Lärm ihres Opfers wird in den Köpfen der Menschen noch lange nachhallen. Napoleons Alte

Garde, die amerikanischen *Marines*, alle Soldaten der Welt verfolgen ein doppeltes Ziel: ihrer Sache zu dienen und ihre Haut zu retten. Die Kamikaze aber fliegen in den sicheren Tod. Als die Kapitulation unterzeichnet war, startete der Vizeadmiral Ugaki von dem Militärstützpunkt Kyushu mit etwa zwanzig Piloten, und anstatt sich zu ergeben, verschwanden sie in der Nacht.« Bei diesen Worten mußte Professor Bertin seine Vorlesung unterbrechen. Das Rauschen des Mikrophons deckte seine Stimme vollkommen zu. Über seinen Ursprung hatte ich keinerlei Zweifel. Während wir auf einen Techniker warteten, drehte ich mich zu meinem Banknachbar:

»Findest du sie nicht bewundernswert, diese Kamikaze?«

»Ich finde das monströs, wenn du's genau wissen willst!«

»Ich liebe sie, ich hätte mich wie Ugaki verhalten.«

Als ich seinen verdutzten Blick sah, spürte ich, wie sehr mir die Welt, die mich umgab, fremd war. Zum Glück hatte ich einen Bruder, einen ganz außergewöhnlichen Bruder, der auf mich wartete und der Tsurukawa hieß. Zu ihm mußte mein Leben hinfließen wie ein Bach zum großen Fluß.

Zu Hause angekommen, warf ich meine rosaroten Tabletten und mein Ohropax in den Müll. Ich brauchte mich nicht mehr zu schützen.

Ich versuchte, mit jungen Männern zu schlafen, damit sie mich Tsurukawa in die Arme trieben. Aber leider stellten sie sich kläglich an. Ich wurde immer nervöser und war so gereizt, daß ich sie am liebsten windelweich geschlagen hätte. Ich verließ sie mitten in der Nacht. Ich ging zu Fuß nach Hause, selbst dann, wenn ich durch halb Paris marschieren mußte. Dann verfolgte mich das Gesicht meiner Mutter, wie sie triefend naß den Boulevard Malesherbes entlangging. Auch dich, Maman,

dachte ich, auch dich liebte er. Aber meine Männerversuche gab ich schnell auf. Sie waren uninteressant.
Wozu hätte ich an meiner Dissertation weiterarbeiten sollen? Brauchte Tsurukawa eine Frau Doktor der Mathematik? Lieber verbrachte ich meine Zeit damit, Japanisch zu lernen. Ich kaufte einen Sprachkurs, Pinsel, Tusche und schönes Seidenpapier. Ich übte wie besessen. Tagelang wechselte ich ab zwischen kalligraphischen Versuchen und japanischem Gestottere. Pausenlos malte ich den Namen Tsurukawa, und die gelungensten Exemplare hängte ich an die Wand.
Beim Schulministerium bewarb ich mich um eine Lehrerstelle. Ich hatte zwar keinerlei Sehnsucht danach, Lehrerin zu sein, aber ich wollte mich von einem Gefühl des Verpflichtetseins meinem Stiefvater gegenüber befreien, der es sich immer häufiger herausnahm, sich nach mir zu erkundigen. Er

- -

konnte nicht verstehen, warum ich sie nicht besuchen kam. Maman angeblich auch nicht. Um mir das Reisen schmackhaft zu machen, bezahlte er mir den Führerschein und schenkte mir ein Auto. Ich nahm beides an, mit dem festen Vorsatz, dies als ein letztes Geschenk zu akzeptieren.

Ich lernte sehr schnell. Ich war begabt. Ich saß gern am Steuer. Ausgesucht hatte ich mir einen kleinen Renault 4. Ich setzte mich oft in den Wagen und fuhr irgendwohin, ziellos, nur der Freude wegen, aufs Pedal zu drücken und Kilometer abzufahren. Bald wurde es eine Leidenschaft. Ich nahm die Autobahn, um Paris zu verlassen. Sobald ich die Banlieue hinter mir hatte, überließ ich meine Route ganz dem Zufall. Ich machte kaum Haltepausen. Ich fuhr und fuhr. Auch Tsurukawa mochte das. Jetzt, da ich ihm ganz preisgegeben war, stürzte er auf mich nieder. Unsere Blechrümpfe vereinigten sich zu einer einzigen Pilotenkabine. Unsere Motoren dröhnten gemeinsam. Innerhalb eines Jahres lernten wir den ganzen erweiterten Gürtel von Paris kennen, bis nach Rouen, Amiens, Chartres, Orléans, Montargis, Troyes. Unsere Kraft berauschte mich, aber auch die Nähe des immer möglichen Aufpralls, des Explodierens, des Absturzes. Wir fuhren dem wirbelnden Sturz entgegen. Er schillerte vor uns als ein Faszinosum, das sich desto mehr entfernt, je mehr man sich ihm nähert. Hin und wieder stellte ich Musik ein. Dann erreichten wir einen extremen Grad der sinnlichen Wahrnehmung über menschliches Maß hinaus. Der Wagen sang mit dem Evangelisten der Johannespassion, rauschte mit den wiederkehrenden Noten des *Opus 100* über Klippen und Stufen. Es war, als würden wir den Tod am Ende des Weges vergessen, Tsurukawa

- -

und ich, um uns vorzeitig in Engel zu verwandeln, als würden wir die Etappe der Bombe, des Grauens überspringen, als hätten wir uns in einem Taumel der Glückseligkeit gefunden. Ich kam spät nachts nach Hause. Vorher machte ich noch einen Umweg, um das Auto durch eine Münzwaschanlage zu fahren. Auch ich nahm dann noch ein Bad. Voller Wohlbehagen schlief ich schnell ein.

Im Januar 1968 wies mir das Ministerium eine Stelle als Vertretungslehrerin in Levallois-Perret zu. Ich hatte keine Ahnung vom Unterrichten, und als ich mich mit dreißig kleinen beschränkten, heuchlerischen Köpfen konfrontiert sah, erfaßte mich die Panik. Ich haßte sie auf Anhieb. Meine ganze Kindheit sprang mir an die Gurgel: Großvater, Großmutter, Mamans Sprachlosig-

- -

keit, das Grauen der Rue de la Bienfaisance. Als wären wir noch ganz am Anfang unserer Geschichte, summte der Jäger mit seiner unerklärten Last an Angst. Er wollte nicht, daß ich unterrichte, daß ich eine Zeit vergeude, die ich ganz und gar ihm hätte widmen sollen. Ich verlangte, daß sie die Fenster öffneten. Ich war zwölf Jahre alt, und ich mußte mich durchsetzen. Ich brachte die gesamte Stunde mit Kopfrechenübungen hinter mich. Als die Pausenglocke läutete, wurde mir bewußt, daß ich die Rolle meines Großvaters gespielt hatte. Ich war in einem derartigen Zustand, als ich mich in den Wagen setzte, daß ich dicht am Unfall vorbeischrammte. In einer Kurve quietschten die Reifen. Ich sah, wie ein Straßenschild vor mir größer und größer wurde. Der Wagen kam dicht vor dem Schild zum Stehen.

Nein, ich werde nicht in die Kindheit zurückkehren. Mit diesen vom Leben noch unberührten

Gesichtern, den albernen Blicken, dem leicht zerknitterten Ausdruck von kleinen Affen will ich nichts zu tun haben. Ich will ihnen keine Mathematik beibringen. Mathematik ist mir scheißegal. Wenn man mir diese Kinder überläßt, wenn man sie mir nicht wegnimmt, dann erzähle ich ihnen von Tsurukawa. Für sie werde ich seine Jugend erfinden, in einem Haus aus Papier, unweit von Kobe. Jeden Tag werde ich ihnen erzählen, wie er das Fliegen gelernt hat, wie er sich mit bangem Herzen auf der Liste der freiwilligen Todeskandidaten eingetragen hat, wie er am letzten Abend ein kleines Gedicht schrieb, nachdem er sich eine Haarsträhne abgeschnitten und für seine Verlobte und seine Mutter in einen Umschlag gelegt hatte, wie er sein Gebet an den Gottkaiser richtete und mit seinem Kommandanten Sake trank, wie er allein in die Finsternis der Nacht aufstieg in seinem Jäger Zero, seinem geliebten Flugzeug, das ihn zum

- -

Sterben führte, wie er über dem spiegelglatten Ozean die Sonne aufgehen sah, wie er die fünf winzigen Punkte des amerikanischen Geschwaders entdeckte, das unweit von Okinawa zu schlafen schien, wie er trotz der gleißenden Sonne beschloß, zum Sturzflug anzusetzen, wie ihn die Flugabwehrgeschosse in Schrecken versetzten, ihn, der noch nie im Feuer des echten Gefechts gestanden hatte, wie er plötzlich an seine kleine Schwester dachte und an eine Sandburg, die sie gemeinsam am Strand von Kobe gebaut hatten, wie er mit offenen Augen auf die *Maryland* hinuntergestoßen war und somit ein Held, ein unsterbliches Wesen geworden war, weil er die Augen nicht geschlossen hatte, als er den Tod sah. Ich werde ihnen erzählen, daß er sich jeden Morgen auf den Weg macht, dort, im Reich der Aufgehenden Sonne, und daß er eines Tages zu ihnen kommen wird und daß sie ihn eines Tages hören werden. Das ist kein

- -

Märchen, wie die Geschichten, die euch eure Großmütter erzählen, es ist die volle, die wahrhaftige Wahrheit. Und wenn ihr ihn gehört habt, dann bedeutet das, daß er euch auf der großen Landkarte der Lebenden ausgemacht hat und daß ihr bald tot sein werdet. Das ist es, was ich diesen Kindern sagen werde, wenn man sie mir einen Tag länger läßt. Und sie werden mir alle glauben. Und sie werden alle krank werden. Und die Eltern werden kommen und sich beschweren. Niemand wird verstehen, warum meine ganze Klasse krank ist. Eines Tages wird eines der Kinder die Wahrheit erzählen, und die entsetzten Eltern werden mich fortjagen, aber es wird zu spät sein. Die Kinder werden Tsurukawa alle gehört haben. Auf dem Straßenschild stand: Chateau-Thierry 10 km. Ich übernachtete dort.

Meinen Auftrag als Aushilfslehrerin erfüllte ich bis zum Schluß. Ich begnügte mich damit – ganz als

- -

wäre ich, kaum angekommen, schon von der Last der Institution erdrückt –, den Jäger in den Textaufgaben, die ich ihnen diktierte, zu erwähnen. Die Schüler errechneten seine Durchschnittsgeschwindigkeit vom Augenblick des Abhebens bis hin zum Archipel von Okinawa. Sie versuchten, den Winkel zu bestimmen, den der Pilot für seinen Sturzflug einhalten mußte: Gegeben sei ein Jäger Zero am Punkt X mit der Geschwindigkeit vierhundert Stundenkilometer und ein Flugzeugträger am Punkt Y mit der Geschwindigkeit dreißig Knoten. Außerdem sei gegeben, daß das Flugzeug in dreitausend Meter Höhe über dem Meeresspiegel fliegt. Berechnen Sie den Sturzflugwinkel, der notwendig ist, damit der Jäger das Schiff rammt. Zwei Schüler fanden die richtige Lösung. Sie versicherten mir, daß ihnen ihr Vater nicht geholfen hatte, und daraus schloß ich, daß es wohl Tsurukawa gewesen sein mußte. Möglicherweise hatte ich meine

- -

Zeit doch nicht vergeudet. Ansonsten richtete ich mich sklavisch nach dem Lehrplan. Bei der Lehrprobe wurde ich schlecht beurteilt. Der Schulrat hatte festgestellt, daß ich keinerlei pädagogische Begabung besaß. Mehr Unterrichtserfahrung sammelte ich denn auch nicht. Die Mai-Ereignisse brachen wenige Tage später aus.

Jeglicher Unterricht wurde vorläufig eingestellt. Professor Bertin hielt in seinem Hörsaal große Versammlungen ab und demonstrierte mit seinen Studenten. Es gelang ihm jedoch nicht, mich mitzureißen. Ich ging als Zuschauerin und betrachtete die verbrannten Autos, die zerborstenen Schaufenster. Es war die Zerstörung als solche, die mich anzog, nicht die Ideale, in deren Namen die Pflastersteine flogen. Die Benzinrationierung hingegen störte mich sehr. Es hieß, das ganze Land solle lahmgelegt werden, und die Jagd nach Kanistern wurde meine Hauptbeschäftigung. Ich verließ Pa-

- -

ris, ohne sicher zu sein, daß ich wieder würde zurückkommen können. Auch die japanische Luftwaffe hatte an Benzinknappheit gelitten. Die Flugstunden waren Tsurukawa streng rationiert worden. Sogar die Geschichte verbündete sich mit uns.

Im Laufe dieses Monats Mai erlosch meine Großmutter lautlos im Schlaf. Die Totenmesse wurde in ihrer alten Pfarrkirche gelesen. Als das Orgelgetöse in meinem Rücken ausbrach, wartete ich darauf, daß Großmutter mein Gesangbuch für mich auf der richtigen Seite aufschlägt und es mir dann überreicht. Aber meine Mutter, die neben mir stand, hatte kein Gesangbuch. Ihr Mann hielt sie bei der Hand. Ich erinnerte mich an alle Gebete, die ich für sie gesprochen hatte und die

- -

schließlich erhört worden waren. Sie roch nach Geißblatt und zeigte keinerlei Gefühlsregung. Auf dem Friedhof aber, als das Grab geöffnet und der Sarg ihrer Mutter auf den ihres Vaters gestellt wurde, fiel sie in Ohnmacht. Ich bemerkte es kaum, denn in diesem Moment, vor dem offenen Grab, hatte mich eine Wahrheit, die mich noch nie gestreift hatte, mit der Wucht einer Ohrfeige getroffen: Mein Vater hatte keinen Sarg. Es war normal, daß Tsurukawa keinen hatte, da er ja noch immer am Leben war, aber mein Vater? Wo war er? Im Wasser, auf dem Meeresgrund natürlich. Wie dumm ich war. Er lag auf dem Meeresgrund. Und seine Leiche war sicher längst vom Salz zerfressen. Wozu mich sorgen? Ich konnte wieder atmen. Ich nahm den Weihwasserwedel und vollführte das Kreuzzeichen, wie es von mir erwartet wurde.

Mein Stiefvater lud uns zum Essen in ein vietnamesisches Restaurant ein, dessen Besitzer er in In-

- -

dochina kennengelernt hatte. Er stellte mir viele Fragen. Ich mußte ihm meine verkorkste Erfahrung mit dem Lehrberuf, meine aufgegebene Doktorarbeit eingestehen.

»Aber was machst du den ganzen Tag lang?« fragte er.

Was sollte ich antworten? Sollte ich sagen: Nichts? Ich lächelte geheimnisvoll und erfand auf der Stelle einen Freund.

»Mir war auch so, daß du besonders gut aussiehst!« rief er. »Warum hast du ihn nicht mitgebracht?«

Maman betrachtete mich aufmerksam. Sie war mir ganz und gar zugewandt, was sich in fünfundzwanzig Lebensjahren noch nie ereignet hatte. Ich war etwas aus dem Gleichgewicht gebracht. Er entschuldigte sich wegen seiner Indiskretion und bestellte Champagner. Es würde noch genügend Gelegenheiten geben, Bekanntschaft zu machen, sagte er. Er war wirklich nett. Beim Nachtisch erklärte er, er hätte eine Idee, was meine Zukunft betreffe. Ich sollte mich in die Informatik einarbeiten, eine Wissenschaft voller Zukunft, die in Frankreich noch wenig bekannt, in Amerika aber schon sehr stark eingeführt sei. Wenn ich Lust dazu hätte, würde er bei der C II Honeywell Bull darum bitten, mir eine Ausbildung anzubieten. Maman beobachtete mich noch immer. Man hätte meinen können, sie sei unfähig, die Augen von mir wieder abzuwenden, so viele Fragen waren in ihnen zu lesen. Ich hatte Mühe, meine innere Bewegung zu verbergen. Ich begleitete sie zu Fuß zu ihrem Hotel, ich hatte keine Lust, mich von ihnen zu verabschieden. Vor der Tür aber streichelte mir Maman mit dem Handrücken die Wange, und ich ergriff die Flucht, damit sie mich nicht weinen sähen. Am folgenden Tag konnte ich sie nicht wiedersehen. Sie kehrten an die Côte d'Azur zurück, da sie im Wagen des

- -

Marinepräfekten mitfahren konnten: Für die hohen Offiziere galten nicht die gleichen Benzinrationierungen wie für die normalen Sterblichen. Ich hingegen konnte mir kein Benzin besorgen. Also blieb ich in meiner Wohnung und machte rasche Fortschritte in Japanisch. Jetzt konnte ich Tsurukawa schon kleine Briefe schreiben. Ich beklebte meine Wand damit. Wenn meine Konzentration nachließ, stellte ich das Radio an und verfolgte die Ereignisse. Ich versuchte so gut es ging für Tsurukawa eine Zusammenfassung davon ins Japanische zu übersetzen. Ich schlief wenig, denn mit meinen rosaroten Tabletten hatte ich auch meine Schlafmittel weggeworfen. Eines Nachts, als der Sender, den ich normalerweise hörte, zum drittenmal die gleiche Reportage über die Renault-Werke in Billancourt brachte, drehte ich an den Knöpfen herum und stieß auf eine Sendung, die den vielversprechenden jungen Talenten der zeitgenössischen

Musik gewidmet war, das heißt Bruno. Wir hatten uns nie wiedergesehen. Der Sprecher kündigte das *Rondo* an. Ich schaltete das Radio nicht aus. Im Gegenteil: ich drehte die Lautstärke auf und ließ mich aufs Sofa fallen. Es war ein Schock.

Als das Schlußgeplätscher ertönte, mit jener quälenden Wiederholung, in die sich immer mehr Stille schob – ich hatte das *Rondo* nur ein einziges Mal gehört, aber ich erinnerte mich ganz genau an seinen Aufbau –, wünschte ich mir, daß es nie wieder aufhören möge. Ich hörte das Wiegen des Todes. Ja, es war das Wiegen des Todes, die Ruhe des Wassers, nachdem die Leiche untergegangen ist und kein Hauch seine Oberfläche mehr trübt. Und es war eine Ruhe, es war ein Trost, die ich in ihrer ganzen Fülle und Sanftheit spürte und die ich mir mit der ganzen Kraft meiner Seele herbeiwünschte. Applaus setzte ein. Ich war im Begriff, das Radio auszuschalten, als der Sprecher anfügte, daß es sich

- -

um die Wiedergabe eines im September 1966 in Mailand aufgenommenen Konzerts handle.

Ich griff zum Telephon und rief Bruno an. Sie war am Apparat und antwortete mit schlaftrunkener Stimme. Er sei in der Mansarde, die er zum Studio umfunktioniert habe. Sie wollte das Gespräch hochgeben. Ich wartete einen Moment, der mir wie ein Jahrhundert vorkam. Ich schwitzte. Endlich war er dran. Ich fragte ihn, ob ich ihn besuchen könne. Er antwortete, daß er mich erwarte.

Rue Tiquetonne. Schmale, schiefe Treppe. Zwei Uhr früh. Ich bin zu Fuß gegangen. Schnell. Mein Herz pocht jede Stufe der sechs Etagen mit. Die Tür ist einen Spaltbreit offen. Er ist in eine Partitur vertieft. Eine Thermosflasche steht auf dem Tisch. Er steht auf. Ich erinnerte mich nicht, daß er so blond, so groß, so anders als Tsurukawa war. Sein Blick ruht fragend und freundlich auf mir. Ich sage ihm, daß ich soeben im Radio das *Rondo* gehört

- -

hätte und daß ich erschüttert sei. Er lächelt, bittet mich Platz zu nehmen, bietet mir eine Tasse Tee an – er hatte auch früher schon die Angewohnheit, beim Arbeiten Tee zu trinken –, findet, ich sehe gut aus. Ja, es stimmt, ich stecke mir kein Ohropax mehr in die Ohren, ich bin geheilt – und ich füge hinzu: »Ein letztes Mal bevor ich gehe, möchte ich, daß du mit mir schläfst.«

»Wohin gehst du?«

»Nein, ich habe mich falsch ausgedrückt: ein letztes Mal, bevor ich dich nie wiedersehen werde.«

Ganz unkompliziert tut er es. Unter seinen Liebkosungen fühle ich mich, als ob Großmutter, Großvater, Maman, Nathalie an die Tür meines Herzens klopften, als ob Tsurukawa mich bereits lächelnd ansähe.

Wir haben bis in den frühen Morgen hinein geplaudert. Er wollte wissen, was aus meiner Doktor-

- -

arbeit geworden sei. Ich erklärte ihm, daß ich sie aufgegeben hätte und daß ich demnächst mit einer Ausbildung in Datenverarbeitung anfangen würde. Zu meinem großen Erstaunen wußte er genau, worum es sich handelte, und wollte Details wissen, die ich nicht fähig war ihm zu geben. Seit Mailand war er in einer Phase fieberhaften Schaffens. Was ihm beim *Rondo* fehlte, das war ein Text, seien es auch nur ein, zwei Worte, die ihn gezwungen hätten, präziser mit der Stimme zu arbeiten. Er sprach von der Wertigkeit der Konsonanten, von ihrer strukturvollen Beschaffenheit, von ihrer phonetischen Dynamik. Er hatte mit einer Reihe von Kantaten begonnen, von denen jede einem Konsonanten gewidmet war. Sein Gesicht wirkte jetzt gelöst. Der Tee war kalt. Ich hörte ihm voller Bewunderung zu. Seine Rolle in der Welt der Musik würde Bruno brillant spielen. Da brauchte ich mir keine Sorgen zu machen. Die ersten Vögel waren zu hören. Das war das Zeichen. Er ging hinunter zu Luba – sie war Russin.

Ich hatte meine Wohnung bis in die hintersten Winkel auf Hochglanz gebracht, die Karosserie meines Autos hatte ich mit einem Fensterleder poliert, und ich wartete ab. Endlich hatte General de Gaulle angekündigt, daß es fortan wieder Benzin gebe. Zum Pfingstwochenende würden alle Tanks aufgefüllt sein. Tsurukawa sagte mir, daß der Augenblick gekommen sei. Ich wendete ein, daß wir gewiß in große Staus geraten würden, aber seiner Meinung nach spielte das keine Rolle. Es herrschte strahlender Sonnenschein. Wir fuhren im Schrittempo bis nach Sézanne – ich hatte mich für den Osten entschieden, weil ich dachte, dort würden wir schneller von der Menschenmasse befreit

- -

sein. Anschließend bogen wir nach Vitry-le-François ab. Im Rückspiegel ging die Sonne schon unter. Ich trat aufs Gaspedal und gab es nicht mehr frei. Der Augenblick ist gekommen, Tsurukawa, der Augenblick ist gekommen. Ich habe mich so oft verweigert, seitdem du an mein Trommelfell klopfst. Hilf mir. Nimm mich in deine Arme. Das Getreide ist noch grün. Wir werden es nicht reifen sehen. Ich überholte alles, was sich vor mir her bewegte. In meinem Rücken tauchte die Sonne die Erde in Rot. Bevor er zum Sturzflug auf das Schiff ansetzt, schreit der Kamikaze: »Ich gehe runter!« Ich auch, Tsurukawa, ich werde auch runtergehen. Ich sehe, wie der Lastwagen größer wird, die Scheinwerfer blenden mich, ich werde die Augen nicht schließen. Tsurukawa hielt mir den Fuß auf dem Gaspedal entschlossen fest, aber meine Hände entglitten ihm. Ich riß das Steuer herum. Dann war alles schwarz.

Ich bin in einem Krankenhauszimmer. Ein paar Tage lang muß ich im Fieber gelegen und phantasiert haben, aber mein Zustand ist nicht besorgniserregend. Angeblich habe ich viel nach Tsurukawa gerufen. Ich soll nur ruhen. Maman, die allein gekommen ist, hat mir Photos von Papa mitgebracht. Zum erstenmal habe ich sie wirklich betrachtet und dabei an mein Leben zurückgedacht. Ich heiße Laura Carlson. Ich weiß nicht, wer dieser Mann ist, der Maman um die Taille faßt. Ich habe die Photos neben Tsurukawas Tagebuch gelegt, und ich vergleiche sie. Ich weiß nicht, wer mein Vater ist, Andrew Carlson oder Tsurukawa Oshi. Sie sind im Tod engumschlungen, krallen sich am Grund des Pazifiks aneinander fest. Ihre Leichen sind gleichermaßen zerfetzt, vom Salz zerfressen. Und ich bin zwischen ihnen. Ich bin ihr Kind. Ich rufe nach ihnen. Ich möchte zu ihnen gehen. Und

- -

ich bin noch nicht tot, es gelingt mir nicht zu sterben.
Morgen werde ich entlassen. Mein Stiefvater hat mich angerufen. Er hat mit dem Personalchef von Honeywell Bull einen Termin für mich vereinbart. Ich werde hingehen. Meine Sachen sind schon zusammengeräumt. Maman wird kommen. Man hört ein merkwürdiges Surren hier. Die Krankenschwester sagt, es käme vom Heizkörper.